高 等 院 校 动 漫 教 材

动 漫 素 描 基 础

薛峰 于朕 著

上海人民美術出版社

高等院校动漫教材 编委会

飞旋的圆盘
——写给当前的动漫艺术教育

我们这一代人的童年、少年时期，动画片数量不多，并不能像诗词的阅读那般，构成完整的生活记忆。却在已为人父为人母之时，才依稀接触到《猫和老鼠》、《一休的故事》等意趣盎然却又带有几分童稚的动画片。可以说，我们属于"非漫"一代，动漫并未形成青春和生命的时尚，却使我们获得一种较为冷静的、琢磨相望的位置。

六年前，初办动画专业时，欣赏到一部德国木偶艺术短片。在飘旋云空的圆盘上，一群人为百宝箱相争相斗，最后，盘上唯剩一人。但那人在盘缘的这一边，箱子却远在另一边。只要这人动一动，盘就失去平衡，随时有倾覆的危险。片子虽仅几分钟，又显得木讷，但到最后，德国的幽默方式令人大悟。那以后，每遇纷扰之事，那漂移无定的盘子总会在我脑海中旋转起来。这盘上的故事隐喻颇多，它的飘旋，总让我想到事物的整体，以及相互间依存之类的命题。

动画从里到外就是这样一只旋盘。让"静止"的画动起来，让一个个不动的形象在瞬息的翻动之中，利用人的"视觉暂留"现象，造成仿佛"动"起来的幻觉。这如动之画本身就是一个互相依存的整体，环环相扣，一环也不能缺。动画发明的接力棒几乎穿越整部文明史。远古洞穴中晃动多腿的野兽壁画；埃及神庙中传递女神身姿动态的柱画；古希腊陶罐上的旋转反复的瓶画。这些人类童年的运动幻像在1824年皮特·马克·罗杰特那里获得"视觉暂象"的心理学依据，又在近代光学试验中大胆地舞动旋转起来。那些走马灯、皮影戏、透明薄膜的实用镜，持续地开发着人对动之像的好奇和感知，每个人的手边，那"拇指书"挑逗着童年的嬉戏和想象。1896年，当发明家爱迪生与漫画家布莱克顿在纽约工坊中相遇，一场肖像的速写被演变成图画与胶片的结合。然而爱迪生这张机敏而幽默的世纪肖像真正动起来与大众见面，却已经是十年以后的事情了。历史在这里翻开新的一页。人类的文化从这里开始了一个返童时代，人类的感知由此处溯回、重生了一份持续的童稚和欢乐。那以后，动画世界制造出了一批批伴随、进而影响一代代人成长的时尚形象：从米老鼠、唐老鸭、白雪公主和小矮人到大力水手、汤姆猫和基瑞鼠、兔八哥再到樱木花道、小丸子、柯南侦探。它们挽起手，成为人们记忆中最为炫目的光环，照耀着一个个时代的心智和想象。

伴随着图像技术的发展，虚拟的图像正在构成我们现实生活的重要组成部分，构成奇观化的社会现象。动漫成为这种图像生产的代表，以一个个时尚面貌引领潮流，塑造了不同时代的文化气息和文化感知。这种动漫化感知多大程度上塑造了我们的孩子，成为他们的感知事物、判别亲疏的重要经验，从每个家庭几代人的日常纷扰到"超女"这种平民英雄的海选，都可见端倪。"卡通动漫化感知日益迫近之时，我们还发现这种变异感知的浓重的非本土化的谱系特征。在跨文化的环境中，孩子们的心灵不设防，全球倾向的精神时尚最易于在那里开花结果。社会各界有识之士慷慨呼吁，国家动漫产业急起直追，却可惜起点低、功利重，题材跳不出动物与鬼怪，设计进入不了中国人的心意神韵，虽用力颇重，却只可怜落得西方和韩日的并不成功的模仿者。

在这个运动的、不断壮大的动画旋盘上，如何保持它的运行和平衡，有其源远流长的历史发展和时代机遇的此生彼长的因素；有全球化境域与文化育人的主体意识交互作用的因素；有艺术精神力量与技术化感知的相互抗争的因素；有商品化、市场化倾向与人文关怀坚守之间相持相生的因素。在诸多因素之中，稍有偏颇，旋盘立将倾覆。文化深层次的生态要求，是旋盘安全高速运行的基本前提。动画越来越代表着现代技术文化生产和传播的特征。在其中，培养一批代表民族和时代情怀的新的创造者，建设有效培养创造者队伍的基地，建立有质量的人才培养的教材体系至关重要。数字技术时代的动画人才的基础系统应该如何建设？那些已然客观存在于日常生活之中的技术化感知和全球化倾向如何能够被最大程度上消泯？一个有利于个性自由开启、人文精神有效引导、技术内涵日益提升的教程与教材体系如何形成？动画人才造型基础与传统的素描教学、色彩教学将怎样的联系？这些都是动漫人才培养的基本思考，也是出版这套动画丛书的基本动机。这套丛书本身也如那旋盘，其中有关于数字时代人文关怀的文字讨论，有素描和色彩的基本教程。它们共同构成动画人才培养的理论与实验互动、思考与基础同在、技术与人文共存的基础教程体系。

桌上摆着一本由理查德·威廉姆斯（《谁陷害了兔子罗杰》的导演）所撰写的动画基础教程。书的副标题是"动画人的生存手册"。一本教程被称为生存手册，不仅在于它为动画从业人员提供了一份职业化——当然与生存有关的帮助，而且这里边是否透露出在已经到来和即将到来的动画世界、动画生活现实中，某种生存常识化的前瞻消息呢？正是这位著名动画导演，从他第一次获得国际大奖到他自认可称得上真正动画师之间，走过了整整十多年甚至更多时间。这期间他遍访众多动画名师，从他们那里汲取经验，不断深化自己的技能，焕发出独特的创意。他的人生故事说的是一个活到老学到老的道理。而学习的目的是为了发现和开启自己的个性和创意。对于理解这个道理的人们来说，基础教程从来都是某类领域的生存手册。

许江

丁亥初春于北京

编者的话

　　"动画"和"动漫"，这两个词只有一字之差，在一般公众的语词里甚至不会感到它们的差异，但在我们专业教育方面却有着很多的不同，甚至可以反映中国应用美术在这20多年来的巨大变化。现代动画艺术在中国早也有之，上世纪60年代时曾达到国际一流水平，只可惜没有发展下去，嘎然而止。今天，过去动画艺术的小门类已经发展到世界上第三产业中重要的动漫产业了，一字之差变成了巨大的差别和差距。但是，好在聪慧的中国人是能够通过努力来弥合和缩短这些差别和差距的。

　　上海人民美术出版社近年来，一直把为应用美术的教育服务的图书放在自己产品框架中的重要位置上，我们不断研发和策划组织应用美术方面的系列教材，力图为中国美术设计高等教育做自己的贡献。就本套教材来说，我们也有一个努力的过程。虽然。动漫产业在中国刚刚走上轨道，而它对动漫人才的要求却又是标准极高，这样一下子把中国艺术教育的育才能力推上风口浪尖，我们也深感这种开创性教材难度比较大。应该说，值得庆幸的是，我社的想法得到了中国美院领导和专家们的大力支持，使我们信心倍增。

　　中国美院院长许江先生不仅关心和指导本套教材的编纂，并且还亲自撰写序言。中国美院传媒动画学院副院长林超先生自始至终参与了此项工作，并和我社一起以认真、严谨的态度组织、协调专家学者按照编纂计划和要求进行编写，使书稿质量和编写进程齐头并进。我社与各位作者的合作编书保证了本套教材在学术能力、组织结构上的权威性，达到了我国此项教材的一流水准。今年，本套教材能够进入全国普通高校艺术设计专业的课堂时，我们真心地感谢上述朋友，同时也期待大家及时给予批评指正，因为中国动漫专业教育也是刚刚起步，需要更多的朋友参与其中。希望我们的工作不仅要拓荒，而且还要栽树。

上海人民美术出版社

社长：李新

2007年3月15日

目录

飞旋的圆盘——写给当前的动漫艺术教育

编者的话

序 论

　　动漫造型基础同过去的纯造型基础课不同,传统的国、油、版、雕基础课相对比较单纯,而动漫的基础课程由于动漫的制作有别于传统的造型艺术,这对于基础教学来说是个新的挑战。动漫学科设在美术学院,我们的课程就先定位在造型绘画的基础上,然后进行调整和拓展。动漫创作是一个动态的连续画面的创作,有时空、场景、人物及各种物体的变化,它打破了传统的静态造型观念。在这样的状况下,我们对课程设置作出了相应的调整。

教学定位

　　1、强调学生的造型绘画能力。

　　动漫的制作是个综合的制作系统,但是动漫的核心是画面,需要人物、场景、道具、光线等诸多造型因素,因此,对动漫的探索仍是一个造型问题的探索。

　　2、我们培养学生的设计创意能力。

　　在绘画造型的教学平台上,我们认为设计创意的培养非常重要。比如,同一人物的不同表情的课题。原先静止的形体塑造顿时被生动的表情所替代了,我们从这个课题中看到了绘画的另一种生命。学生在这样的学习中获得了创作的乐趣,没有课堂写生的单调,从选材开始就注入了每一个人的审美倾向。再比如,创意素描课题,学生们原有的基础就具备了写实的观念,有着绘画观察的习惯。创意素描是在学生原有的基础上,再根据自己的想象,画出各种奇妙的组合或夸张的表现,这样的作品才能称作创意素描。

　　3、我们培养学生接受开放时代的各种图像信息,利用各种可能的因素为他们积累创意的素材。

　　从当代艺术现象出发,研究一些具有鲜明特点的艺术特征,借用多元的视角提高学生的知识量,用艺术的要求引导学生的认识。使他们在动漫创作的过程中尽显各人特点和发挥自身优势。或许他们将来是个艺术家,或许是个动漫工作者,或许是从动漫形式中延伸出去的新型人才,我们不会去给一年级的学生设定方向,但是会给他们提供各种发展可能。

教学方式

　　目前国内的动漫专家原先并不是专业学习动漫出身的,而是从其他绘画专业转型过来的,因此教学方式基本是从原有的造型基础模式中延伸出来。一个新的课程是在一个原有课程的基础上开设的,比如动态连贯速写。它的前提是单体人物速写的造型能力,然后根据运动的起点到动作的结束,从中截取若干个典型的动作来表现整个运动过程。这当然是有难度的表现,它需要敏锐的观察,要有记忆的能力和快速表达动态的技能。通过这样的练习,学生能够在设计一个动态分解过程中确定他所要的具体动态特征。再比如,不同时间的色彩表现,采用莫奈的印象主义色彩原理来解释这个课程的必要性。一个动画片的过程是有时间跨度的，早上、中午和傍晚的色彩表现都是不一样的。一般绘画创作只是在单张作品中解决时间的色彩问题，而动画片就是一个需要多幅画面才能把时间表现出来的艺术形式。因此这个课程有别于传统色彩课程的教学方法，需要学生在户外进行观察写生后，摄取几个典型的时间段来表现色彩变化的普遍规律。这个课程可以给学生的启示是：需要观察和概括各种现象，每一种优秀的艺术表现都是源于生活体验后再进行创作的。

教学过程中，需要向学生解释这个课程的概念和教学的要求，提倡学生个人的表现力，因为课程不是简单的模仿对象。

教学思路

模式的教育会带来统一性的现象，这恰恰是艺术教学的弊端。教学部门有教学的框架式安排，要求教师勤于思考，发挥出教师的个人理解。在现代教学中应该体现师生互动，使教学气氛活跃，课题新鲜有趣，才能激发好的教学效果。教师的表达影响学生的思考方向，教师掌握的信息同样影响学生的信息范围，因此教师在课程的准备上要充分，对学生不一定需要长时间的阐述，但是语言表达必须清晰。

针对学生来讲，大量的练习是体现想法的最好方式。课堂的作业仅给予他们必须掌握的知识基础，而课外布置课题的完成，会使学生的作品让人有耳目一新的感觉，这是要培养他们主动的绘画热情。我们鼓励学生的奇思怪想，但是，要把想法转变成绘画语言，须依据学生原来的想法，引导学生用视觉去思考多种造型可能，让学生保持一种原创的态势。因为学生入校之前接触的绘画都是应试素描和色彩，因此要用很多图像和例子把他们从原来的惯性思维中引领出来，一开始会比较缓慢，几个单元后，学生们就会基本熟悉教学的要求了。

在教学中要培养学生在图书馆学习和构思的习惯。当代艺术是靠图像激发图像的创意，素材的运用就显得尤为重要。需要电影、电视、摄影等各种各样的媒体形式，单一的方向会使思路陷入单调，不够多元化，因此，在教学中给学生提供一个立体的思考范围是非常必要的。

新的尝试与探索

学校是个教学试验的场所，各种尝试都可能引发积极的教学探讨。一个教学部门受外部艺术环境发展的影响，既定的课程并不是固定的，它可能面临着调整，而朝更有利的方向发展。因此课程的设定只能说是符合目前的教学状况。比如创意素描，它结合了造型和设计的特点，加上创意的表达，就会表现出生动的作品。课程本身也具有很强的活力，因此当一个班的创意素描成果出来以后，你会给这门课设想更多的可能，考虑如何使这个课程得到更有效的成果。当出现一些好的作品时，教学的活力也被打开。一幅优秀作品的意义不在于其本身的价值，它会给我们提供各种可能，包括引起教学上的关注，引发一个新形式的思考等等。

在本书的编写过程中，李陈辰、许亦多、吴方、王晓明、陈超历、周欣、褚朱炯、施乐群、蒋梁、王建伟、潭小妮等老师提供了大力支持，在此表示感谢。

第一章

静物类素描

第一单元
静物素描基础

□■课程简述

　　素描的训练应该说反映了对自然多方面的探索功能。如果从设计实验的角度来理解造型的基础，是以取得理性与感性的共同发展为目的的。那么，同其他造型基础课目比较，素描更注重感性的训练。更确切地说，素描是一种浅层次的直觉训练，并以此来发展视觉化的绘画技巧和造型素质。同时，也为向深层次的理念训练（抽象和意向的训练）和设计思维的实现创造必要的基础。在对于素描静物这一课题，我们培养学生对具象形态的"物"中有个深刻的认识。通过各种形态表现手法，对"物"进行一个从具象到抽象的解构过程，同时在掌握了一定的抽象形式语言后，进行直观和主观的再创造过程。这个过程是我们从具象中发现抽象，通过具象去认识自然的造物法则。

课程安排

第 一、二 周	写实素描
第 三 周	线性素描
第 四 周	平面意象素描
第 五 周	微观素描

□■课程要求

　　我们从"具象"的课题开始，它既是我们的前提，也是我们的基础。我们需要一层层剥开物体的"表象"，进而理解自然的内在结构，通过"线性意象"，再到"平面意象"，使学生初步掌握一定的形式表现手法。最后主动挖掘生活中的题材，从微观和宏观两个角度进行创作。这个从"解构"到"重构"的过程实际就是一个对自然造物的再认识过程。

　　在这个过程中，我们强调的是对对象进行分析、研究、整理、归纳，并以素描形式加以视觉化的过程。概言之，即"内在结构展示"能力。对这种能力的培养，在基础素描阶段可从结构组合分析研究入手，把对对象本身结构的剖析转换至多种空间组合因素关系的研究。通过以线为主的方法，培养学生对不同物象的表达能力。通过对物象形体结构分析能力的训练，让学生了解物象形体结构的内在形式的规律性。因为一切物象的外部状态都是由内部结构起的作用。在素描练习中，我们有意识地观察、分析物象的内在结构关系，以获得对物象形体结构完整的认识和把握，也就是培养学生对物象形体变化规律的洞察能力。

正如我们观察一个我们熟悉的生活中最常见的物体，把它放在我们面前，让我们暂且忘记这"是什么"这一概念性因素，而将自己的视点放在"为什么是"这一主动因素，这是我们观察到的是形状以及结构，看到的一个具备完整的"抽象造型"的因素的"新"的形体。

因此训练学生的思维能力比起单纯训练手头基本功，就显得更重要了。再现被描绘对象的存在形状是被动的。无论面对的对象是什么，描绘者总是尽心推敲其部分的比例、光影进而表现空间、体积、质感等等，并在绘画上尽量显示出绘者的"技术"层面。那么，这种素描教学便与以往一样，极易使学生养成对自然物象外在形式关系的依赖。在准确造型的严格规范训练之中，思路不易畅通，想象难以发挥。所以在素描教学对于自然的观察时，我们必须建立宏大的自然观。在拓展视野、开启思路的视觉思维运动中，由静态的客观描绘逐渐发展为动态的创意表现，把学生的创造之能力孕育在基础素描教学的过程之中。

那么，如何在基础素描中开展对扩散思维能力训练的教学？换言之，开设怎样的课题才能切中以往素描教学之弊端？在基础素描教学中，本书的方法是充分培养学生的创造能力。但在设立创意阶段的训练，仍必须以自然物象为本体，而不是让学生凭空臆造，只是观察的角度和方法与前一阶段的教学有所不同。从宏观到微观、从外在到内在、从同一时空到不同时空，多角度、多层次对物象加以观察、体悟、分析、研究，直至发现新颖的形式，滋生丰富的联想并构创全新的图式。因此，在创意性素描训练的初始阶段，本书以物象的解构与重构性素描练习入手。

对于自然物象形式美的研究，就不能只局限于对物象外部形态的把握，而应由外至内，由内至外。剖析物象的微观结构，分解和拆卸物象的构造，诱导学生在不断发现"新大陆"似的激动情绪中，感悟认识自然物象诸多形式元素的生成变化规律。训练他们从具象进入抽象，从对自然物象空间状态的把握，到超越自然物象在不同空间中的重组构成，扩散思维，激发创造活力。

以下课程正是初步性探索这个过程的尝试，这个课程安排也是围绕不同的视觉元素的基本能力的培养而拟订的。它使学生在原有的聚合思维的训练的基础上倡导开展扩散性思维，分阶段、分步骤、分层次的安排。从不同角度、不同层面、不同性质的观察为起点。力求在自然规律和形式美学规律的普遍认识中实现教学目的。从而多思维、多角度地接近自然，建立符合动漫素描基础需要的思维方式和各种能力。

第一、二周　写实素描

　　写实素描追求近似照片般的真实，有着强烈的感染力。近半个世纪以来，超写实作为一种绘画风格，对当代艺术产生了巨大的影响。现代科技文明改变着我们的生活，同时也改变着我们对世界的认识，160年前照相技术的发明以及视觉艺术概念的提出，为艺术家开拓了新的天地，写实绘画就是在这样的时代背景下产生的。写实表现素描作为超写实绘画、雕塑的基础，是我们认识客观世界的重要手段。传统素描艺术是以线条为基础元素，刻画物象的形体特征，注重感受与瞬间印象，把物体概括、生动地表现出来。而写实表现素描是在整体把握画面的同时，更强调对微观世界的理解，侧重质感和边缘线的描绘，通过深入地观察与表现，可以达到比照片更真实的画面效果。

　　我们从写实素描入手，训练学生对形体的精确描绘能力，对形体结构的分析能力，对基础素描的基本要素如形体、结构、光影、空间、体积、细节、质感、虚实等进行全面的压迫式的训练。从而让学生从"表象"来精确描绘对象。使学生具有准确记录实物和描绘的能力。

作业安排

1　课堂一周内完成一幅二开纸写实素描作业
2　课外完成两幅四开纸写实素描作业

图1　易茜宇

图1、图2：这是对一系列以钢铁质感为主的物体的表现，在作业中我们可以清楚地看到学生对物体质感的精确表现和深入刻画。剥开静物的表面光线和色调，能够明显感觉到金属机械结实的外在体积和准确的内在结构。

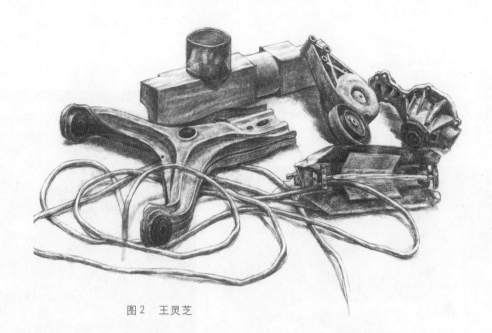

图2 王灵芝

图3、图4、图5、：几何形体素描训练有助于理解各种形态的物体，自然界中的物像都能用几何形体来归纳成形。作者对形状、体积、空间、光线等造型因素做了充分地刻画。图6中的包裹几何形的方式，说明了几何形体可以作为内在的形体，而它的外部却是不规则形状。作者分别对玻璃、头骨、包裹纸和衬布的质感，进行细致地刻画，使画面产生细腻丰富和严谨结实的效果。

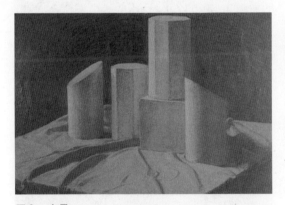

图3 李昂

图5 朱杰

图4 程路

图7、图8、图9、图10、图11、图12、图13：这一系列是有关常见的生活用品素描作业，瓶罐状的形体训练可以学习到如何刻画形体的对称性和每一种质感的表现。

图6 邱兑森

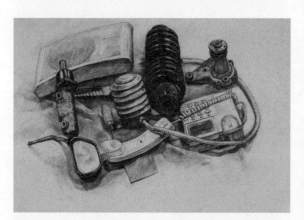

图7 张帆

图10 吕宵可

图8 李金豹

图9 李洋

图11　罗博

图12　王水

图13　赵竹君

当物体的数量有些多时，形状和空间看上去就比较复杂，可以运用几何形将静物的前后空间和形体关系归纳出来。任何凌乱的物体摆放方式，都能找到其中的结构关系。图7的物体基本呈垂直和水平方向，用环形可以把所有内容归纳起来。图8的结构关系就容易些，框架中的横线解决了画面的构成关系。图9的构图呈对角线效果，每个物体的位置似乎都在一个有秩序的网点上，而布纹的塑造把分散的物体集中在一个画面中。图13表现了动画专业学生的扎实的素描基本功，构图别致，色调丰富，形体的塑造具体而生动，布纹的运动关系使画面充实而富有空间感，这是一幅比较完整的静物素描。

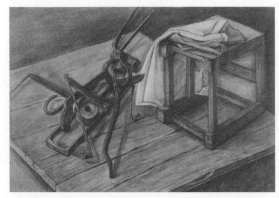

图14　易佳兵

图15　杜春风

图16 龚儒菲　　　　　　图17 李登文

图14、图15、图16、图17：这是一系列关于人物和动物造型的素描静物。图14、图15选择一个金属雕塑作品作为写生对象，作者能够感受到对象是被再现了以后的形体，其外形的趣味性和结构关系生动。这种结构是不规则的，分析其构成要抓住它的外形特征以及每个组成部分的零件特征。

图18 高磊

图19 卞文瀚

图20 许鹏程

图21 邹瑜

图22 王欢

图23 陈游

图18、图19、图20、图21、图22、图23：这是一系列玩具模型的写生素描。模型不大，而画幅却比较大，训练过程中，要求作者们主动的思考体积因素。当把对象画得比原形大出几倍时，这个过程中的写生更多体现出了创造的要求。图18、图19、图20：一辆能放在手掌上玩弄的汽车模型，产品的质量根本不能体现出精致的线条和质感，我们要求学生不能受对象的质量影响，发挥自己的感受，尽可能把玩具的每个形体关系理解清楚，并把它塑造出来。这张素描训练中，其实已经告诉他们，要主动地思考每一种不同的对象，除了表达体积与空间，还要带着想象去创造一些更实际的东西。

第三周　线性素描

人类最早用来表达思想和创造艺术时，就学会了用线作为刻画、传达信息的手段。如在法国南部发现的旧石器时代的拉斯科斯洞穴壁画，就说明了早期人类对形象的线性感知。素描作为造型艺术的基础，在西方从文艺复兴开始就空前发展，并趋于完善。这个时期涌现出来的艺术大师如达·芬奇、米开朗基罗、丢勒等都是"从线入手"来塑造形体。19世纪更是把线性素描发展到了极致。20世纪初产生的各种现代艺术流派，虽然艺术风格不同，但在素描中都是以线条为最基本的造型手段，并通过线条建立一种有理性的秩序，有规律的意识，这些都可以从塞尚、马蒂斯、毕加索等大师的作品中看到。

在课堂上运用线条表现对象，实际上是将"具象"解构的一个过程，是需要我们突破前阶段写实素描的逻辑框架，在物体的有机质感和结构特征中找到图形结构。这种对物象形体结构分析能力的训练，能让学生了解物象形体结构内在形式的规律。例如生活中我们经常可以看到潜在的"线"性结构物体，这个时候就需要有对形体结构具有自觉关注和图形意识，从自然观察中，从物体的"线"性的生长和运动中，主动对于物体进行线条"切割"的把握。

线条也是视觉形式最基本的语言，实际上真实三维空间的物体在直观上并没有呈现线条，也就是不存在纯粹的线条。所以用线性表现物体实际上是需要学生对物质的一种高度概括。它也是源于个体对于形体的认知，需要个体具有归纳与概括能力，通过线条的方式观察和表现自然对象的结构特征。进而来达到对图形意象的认识。利用基本水平、垂直、倾斜、折转、放射、交叉、汇聚与流动等各种线条去表现复杂静物的各种线性形态，从具象的物体外轮廓以及内在结构抽取线条建构于画面之中。在素描练习中，我们要有意识地观察、分析物象的内在结构关系，以获得对物象形体结构完整的认识和把握，培养对物象形体变化规律的深刻洞察能力。

作业要求

1 注重形体比例及透视的准确把握。

2 注重"形体内在结构"和"画面构成"的研究与把握。

3 注重形与形，形与空间之间的相互关系。

4 注重表现对象的质感、体感、量感和画面空间感的把握。

作业安排

1　课堂一周内完成一幅二开作业，要求在复杂静物中截取自己的构图框架进行线性素描表现

2　课外完成两幅四开纸线性素描作业，题材在生活中寻找

图24：静物素描从结构素描入手，确定辅助线和中心线，把每个物体画对称，把透视画准确，并能分析出各种形体的结构关系。结构素描在于理性分析内在与外在的形体关系。这是最熟悉的线性素描了，用线条把理解的每个形状和体积，把看得到的和看不到的形体画出来。舍去光线和色调因素，用单纯的线条来表现素描的结构关系。要注意构图和透视，这透视一旦不够准确，画面的空间关系就会显得不到位。因此，每个物体的点的位置，要和其他的点进行垂直和水平的比较，并确定点与点之间的距离，表现恰当的比例关系。

图25、图26：两个不同的视角下，都把缝纫机归纳成一个长方体，然后逐一分解出几个组成部分。所有复杂的机器，包括星球大战中飞行物的外形与内部构造，我们都能用这样的方式把它们分析出来，用线条表现是最直截了当的。图26的透视强度比图25要大，因此，表现近大远小的透视关系要更加明确。

图24 王希希

图26 李洋

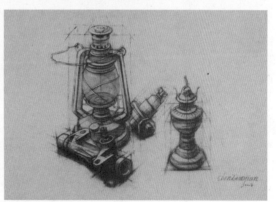

图27 陈晓建

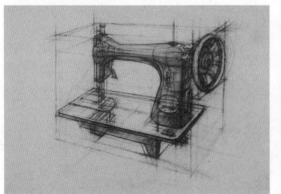

图25 陈晓建

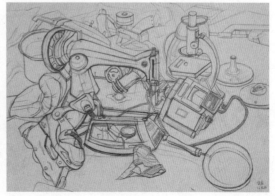

图28 贺惠

13

图27：缝纫机是不规则的形状，使用一条中轴线的作用显得不重要，那么煤油灯的形体则是规则的，使用中轴线的作用就显而易见，确定中轴线，然后把每一部分分解出来的形体自下而上的套在中轴线上。作者运用了些调子，但并没有使结构模糊了，相反增强了线面结合的绘画因素。

图29 易茜宇

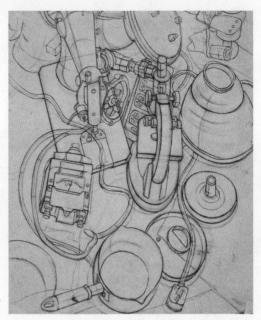

图30 邱星星

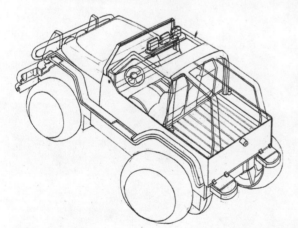

图31 林元元

图28、图29、图30：学生很好地运用了线条的表现手法，对复杂物体进行了线条的提炼。他们通过不同的视角，分割自己的画面，同时他们对线条的虚实和疏密关系也有一定的处理。对于单纯的造型训练，线条的表现能力最强，所以在全因素的写实素描之后，把对象的线的因素抽出，进行单纯的线条练习，主要解决线条对于形体结构和解剖结构的表现。训练学生对线条造型的能力，和对形状的敏感性，即对形感的培养。

图31：汽车模型的线性素描非常清楚地分析出其内在的形体关系。与全因素素描不同的是，线条更具有一种理性的感染力。

图32：作者经历了从写实素描到线性素描的转变过程，这样的训练使课题具有系统性，让学生清晰感受到素描学习目的。

图32 王欢

第四周　平面意象素描

所谓"平面意象"，就是在组合与描绘形象时，不是依靠焦点透视法去作画。而是改变视觉性的常规观察，对复杂物象的形体结构进行观察、分析和表现，从几何形体入手，清晰准确地把握物象的形体结构，从多角度去观察研究其空间比例关系。要开启我们的想象力，引入多角度思维的因素，引导新的理解和新的发现。在对自然物象进行观察时，需要发现新的视觉形象，在意外中获得灵感。在观察的同时，需要学生掌握不同知觉的趣味原理，并从中归纳形式美感，提炼形式趣味。要知道一切艺术创造活动强调观察，从观察中提炼形态是一种能力，通过观察获得的发现可以鉴别一个人的艺术眼光与品位。所以训练观察能力从观察平面构成的意象作为起点，从具象走向抽象，从而理解平面意象这个现代造形语言的语义。

在课堂上我们要求学生利用平面表现对象的块状结构，在这里我们提出"分割"的概念，主要是为了区别以往的"构图"一说。传统的素描构图理念，是将物象在符合焦点透视法的基础上适当地安置于画面中。而分割是剖析物象展其微观，或分析物象的结构，将客观的物象在"新发现"的启示下作主观的处理，使其与情绪变化中的"有意味形式"相互吻合。为了打破物象于同一时空中的常态，突破传统素描表现物象的逻辑关系，我们用"悖理与比例逆反"的训练方法，拓展视觉空间。

作业安排

1　课堂一周内完成一幅二开纸平面意象素描作业
2　课外完成四幅四开纸平面意象素描作业

图33：与图28相比较，我们能够发现，线性素描是基础，然后运用被概括了的黑白灰色调，根据作者的理解和分析，进行线与面的组合。看画面效果，其表达方式比较自由，没有受到形状的约束，反而带着一些趣味来表现各种物体的轮廓，带着平面的因素强调了物体和物体之间的几何形状关系。作品没有受到光线的束缚，但画面中充满着色调对比的强烈效果。

图34：从这张作品中能够看到，平面意象素描的练习重在对物体平面化的概括力，它需要作者的判断力，如何舍弃细节和丰富的调子去表现有趣味的静物素描。作品右上角的线条，右边浅灰色电茶壶和左边黑色的缝纫机，三者之间从几根线条到黑色的块面，这个过程正体现了作者对静物的思考过程，演示了从线条到色块的绘画步骤。

图33　李孙霞

图35：第一眼的画面效果强烈，一是体积感很强，二是黑白对比关系很强，三是物体的团块关系很强。作者具有较强的表现能力，能够运用阴影和光线的强烈对比制造形状感。比如锅盖投影的形状冲出了画面，形状丰富，甚至可以把周围的物体投影都能连贯起来，用黑色平涂，其形与桌面上的白色产生绝对的反差使形状感鲜明。这也能看出作者果断的画面处理能力。

图36、37：平面意象素描的训练能够提升对过去所学素描的认识，用直截了当的主观分析方式来替代繁琐的客观描绘方式。

图34　张金京

图36　朱海滔

图37　易茜宇　　　　图35　余雪君

第五周　微观素描

微观区别于宏观的最大不同在于其内在结构的清晰化和明确化。在素描静物课程中引入这种概念，是对基础构成性素描的阶段性拓展。　从自然界有生命世界和无生命世界以及人为事物的观察中认识与理解客观现实的形态原理——稳定、平衡与运动的力学功能原理；适应与功效的生物自然选择原理；不同知觉原因的趣味原理。并从中归纳形式美感，提炼形式趣味。

利用可以利用的图片信息，对图象进行加工处理，提炼抽象元素，例如对水纹、地面、木头表面等物体进行的局部归纳于处理，找到自己对微观元素的表现手法。

作业安排

课堂一周内完成一幅一开纸微观素描作业

作业要求

学生可根据自己对画面的理解，选择不同的绘画材料和表现技法，可利用铅笔、钢笔、毛笔、马克笔、油画棒等工具，结合不同的纸张，如宣纸、白报纸、毛边纸、水彩纸等进行练习，在表现技巧和方法上，可借鉴传统素描技巧方法，也可采用揉纸、水印、拓印、剪刻等特殊的表现技法，表现自己对设计语言的认识和领悟。

图38　邱星星

图39：选择了啤酒和箱子作为画面内容。画幅要求大，因此对内容的表达就要饱满些。很多学生对新的课程没有给予太多理解，对这样一个要求深入观察的课程会放松思考，那么画面效果空洞就很容易被发现。作者细致的观察每个瓶子和瓶框的形状关系，尽可能的塑造每个瓶子的不同现象，用夸张的透视强度表达俯视的空间效果。

图39：乱石堆的一个局部，对自然构造元素的深入刻画。各种凌乱的形态都能找到结构关系，然后考虑具体的形状和形状之间的关系。

图40：梧桐树杆的一个局部，把自然中的一个局部放大了再放大，是一个有趣的过程，它可以把一个具象的东西变成抽象的形式。

图41：这是一个小昆虫的天地，而作者却把两块砖头的体量画在一开纸上，这确实把一个微观世界放大了。砖头与地面的斑驳痕迹使画面气氛陡增，光滑的鹅卵石与周围形成强烈的质感对比。一个很小的普通角落，可以通过这个课程，画出一个有趣的大世界。这不仅是一种发现，还能引导更多的人关注没被注意到的现实生活中存在各种有意味的现象。

图39　李孙霞

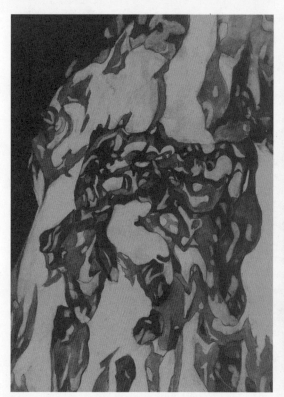

图40　张金京

图41　贺惠

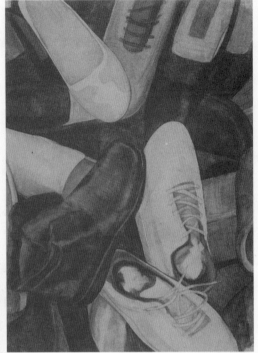

图42、图43、图44：每个人有自己的视角，选择与众不同的内容和形式，其实在他们的作品中，又有相似的规律可循，每一种形态的物体都存在个性与共性。作为一名学习绘画基础的学生，要有自己鲜明的个性，充分发挥一个课题的视觉语言效果。图44作品较之前的作品相对抽象了些，涉及到了绘画的情绪，在形式语言的把握上有些难度。

图43 易茜宇

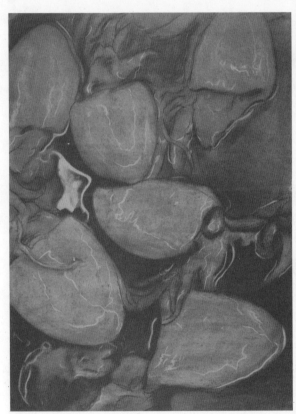

图42 童浩

图44 余雪君

第二单元
玩具形态的素描

□■课程简述

动漫素描教学要从艺术设计的基础知识、基本素质和技能诸方面培养学生创意的思维和语言的表达能力。介于动漫的专业特点，注重对造型的趣味性培养，对自然形态进行夸张变形的能力和对非自然形态主观处理的想象力的能力培养。通过理解和运用造型规律，提高主观处理和创造形象的能力，通过理解和运用形式规律来把握画面的能力，通过具体的绘画实践提高绘画技巧的能力。使学生在概念认知、方法体验、能力培养三个方面得到学习。

课程安排
第　一　周 ｜ 玩具的创意表现
第二、三周 ｜ 玩具与空间的练习

第一周　玩具的创意表现

□■课程要求

学生根据自己的喜好自选一种玩具，把玩于掌上之物通过主观想象，结合玩具的原有形态进行创意的练习。发挥个人的审美趣味和创意能力，把普通的玩具表现出一定的造型美感。可以运用夸张与变形的方式去处理对象的形态关系。

要求学生对玩具深入的观察，从正面、侧面、背面、仰视和俯视的各个角度中，选择最佳的机位对玩具进行写生并赋予创意表现。

作业要求

1 要体现出玩具的典型形态，形体准确肯定。
2 表现一定的塑造技能，形象必须完整。
3 运用各种形式的语言，体现一定的视觉效果。

作业安排

1　课堂一周内完成二幅四开纸玩具素描作业
2　课外完成四幅四开纸玩具的创意表现素描作业

图1、图2：这是两张根据高达图片完成的作业，以线条表现为主，结构清晰，透视准确，空间关系明确，结合简单的色调变化，充分体现了线条的表现力。黑色作为背景凸显了机械玩具的特征，符合画面的气氛。

图3、图4：两张不同视角的玩具创意表现作业，对线条和明暗处理使画面显得单纯整洁。细腻均匀的色调塑造出玩具表面光滑的质感，而细微的高光刻画出玩具的生动形象，具有一定的真实性。表现手法简洁明了，对形状的理解比较充分。

图1 卞文翰

图3 高磊

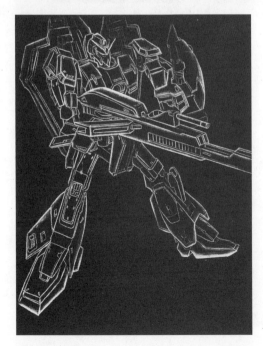

图2 卞文翰

图4 高磊

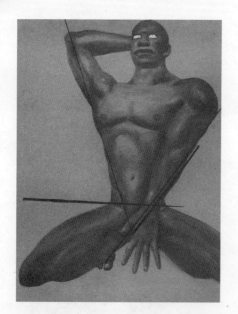

图5 高磊

图5、图6：这是根据真人照片进行玩具形态处理的练习，在明暗处理上以渐变为主要手段，强调了光线的作用，随着肌肉的起伏而使其在绘画感觉上更偏向卡通动画的造型感觉，以灰色为基调，画面气质显得诙谐和怪诞。

图7、图8、图9：一系列原创形象的头像素描，造型生动，有个性，趣味性强。表现手段和对象形态结合得恰到好处。

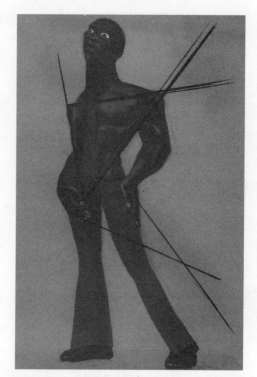

图6 高磊

图7 高磊

图9 高磊

图8 高磊

图10、图11：玩具写生作业，注重对光线的表现，造型严谨，对视角的选择也有新意。

图10 许鹏程   图11 许鹏程

第二、三周 玩具与空间的练习

□■课程要求

　　没有准备客观的对象，要求学生从图片中获取图像主观处理，或是凭想象力创造形象，可以说是把真实形象或意象形象进行玩具化处理，充分发挥学生的创造力和艺术表现力。培养学生对卡通造型规律的感性认识，重点在主观形象与画面空间的处理，空间可抽象或具象，这就需要对非自然形态的创造性处理，此时形式语言的协调统一，以及表现技法的多样性就显得格外的重要。培养学生根据主体造型的形式特点创造协调背景空间的能力，即两方面的要求：一　主体与空间背景造型元素的协调统一。二　表现技法的协调统一，或是极端的矛盾冲突。

作业要求

1 强调对形状趣味性的敏感捕捉。
2 培养从客观对象里提炼创造主观形象的能力。
3 场景处理与画面气质的培养。

作业安排

1 课堂一周内完成两幅二开纸主观玩具对象与画面空间的素描作业
2 课外完成两幅四开纸主观玩具对象与画面空间的素描作业

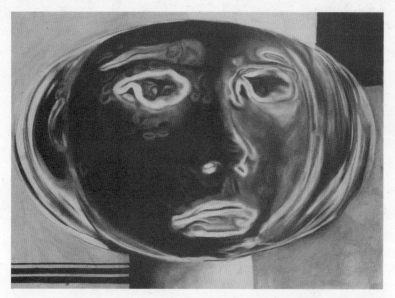

图12　江玉春

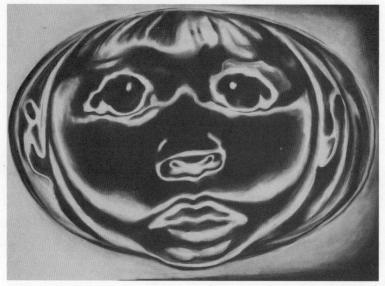

图12、图13：
对人脸进行了
负片处理，椭
圆的人脸外形
富有张力，画
面表现力强。

图13　江玉春

图14、图15、图16：人物和简单的室内空间有机结合，语言单纯而质朴，富有变化的小细节丰富了画面。

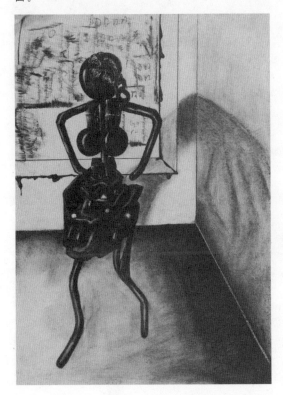

图15 李璇

图14 李璇

图16 李璇

图17、图18、图19：这一兔子系列作品主体对象和空间背景处理得当，画面构成合理，体现出活泼快乐的画面气质。

图20、图21：画面形式感强，主体和背景造型语言统一而富有变化，形状的方圆处理协调而有对比。

图19　陈春燕

图17　陈春燕

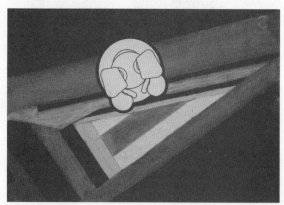

图20　陈游

图18　陈春燕

图21　陈游

图22、图23：画面怪诞、神秘。平面的人物造型和具有透视感的背景结合得很好。

图24：形象生动，拼贴运用合理。

图25：夸张的主体和机械人的线性背景结合得很好，画面诙谐幽默。

图24　邹瑜

图22　丁一

图23　丁一

图25　许鹏程

图26 卞文翰

图26、图27：画面空间感强，黑白关系明确，合理地运用了线条的透视作用，效果很完整。

图28：像是一幅童话插图，意境很美，给观者想象的空间。

图29、图30：对象造型可爱，富有想象力。画面黑白对比鲜明，点、线、面运用恰当，绘画技法稚嫩显得作品更加有趣而生动。

图29 陈春燕

图27 卞文翰

图28 江玉春

图30 陈春燕

图31 宋溢陶

图31、图32：简单的圆形符号变化出众多的玩具造型，控制画面的能力和想象力可见一斑。

图33：造型生动幽默，画面趣味性强。

图34：时钟道具的运用充满童趣！纯构成化的背景加以同样硬性的机械手臂，具象和抽象元素很好地结合在一起。

图32 宋溢陶

图33 许曼倩

图34 李雨声

□第二章

人物肖像类素描

第一单元
肖像写实素描

□■课程简述

本课程是素描造型基础能力训练的一个重要环节,将通过对真人头像的研究和写生表现而展开。教学思路及目的是以学理知识的学习研究为先导,从传统写生写实造型观念出发,学习和掌握素描写实造型的基本规律与技能,并以画册和多媒体的形式,通过对西方素描大师不同作品的不同的视觉模式、不同的表现手法、不同的艺术理念的学习、赏析与解读。并以西方素描大师独特个性的艺术成就和造型理念影响、促进和扩展学生的表现意识和思维方式。摆脱单一的素描意识和作画模式,步入更主动、更明确、更突显个性意识的自主学习状态之中。既强调有对象基本形体结构的写实把握,更强调对有鲜活生命的视觉对象的个体审美感受与表现。

课程安排

第一周	真人头像与头骨、肌肉解剖同位理解与把握
第二周	以同一模特不同角度的正侧变化进行观察比较
第三周	以同一模特不同视点的俯仰关系进行观察比较
第四周	人物肖像的写生与表现
第五周	男子半身着衣（带手）的写生与表现
第六周	中青年女子半身着衣（带手）的写生与表现

第一周 真人头像与头骨、肌肉解剖进行同位理解与把握

作业侧重于形体结构等学理知识方面的研究与表现。由于学生对人物结构解剖知识的了解不多,须以解剖挂图和石膏头骨结合模特进行分析,加深关于头部解剖的知识理解与学习。这样的训练和学习使学生能直观、清晰、准确地认识到内在结构。在课堂写生训练中,将石膏头骨和石膏肌肉解剖与模特进行同位摆放,要求学生在练习中从内在结构出发,通过三位一体的对比观察、分析研究,在作业中基本体现出对人物头部基本结构的理解与掌握,并能把握对象动态、透视、体积、特征等关系。

作业安排

课堂一周内完成一幅二开纸头骨、肌肉解剖和肖像同位素描作业

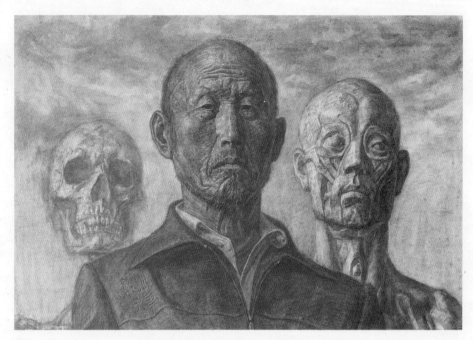

图1 鲍天冰

图1：这是较为典型的范例，不仅较好地体现了教学要求以及作者严谨扎实的素描写实技能，更可贵的是展现了作者别于旁人的艺术视野和追求。通过对画面气氛的渲染和处理。使课堂习作的水准获得了更高境界的提升。

图2、图3：同一角度的头骨、肌肉解剖和肖像练习，目的是了解其内在骨胳与肌肉的生长规律和运动规律，这种规律了解越清楚，对人物表情的塑造就能越准确。

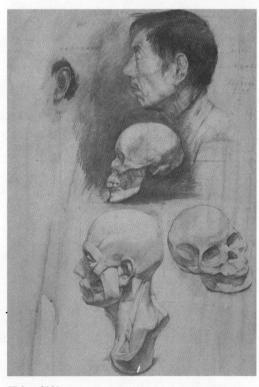

图2 邹扬

图3 凌韵

第二周 以同一模特不同角度的正侧变化进行观察比较

在第一周强调内在结构的理解和基本准确把握的基础上，本周作业要求将同一模特不同角度的正、侧变化进行对比把握。对比、分析、研究和理解同一对象在空间中的形体角度变化所引起的结构、形体等在透视和形状上的变化。这将有利于学生更深刻地理解其内在结构上的变化本质。在课堂写生训练中，利用头骨（实物）与模特相结合的方式，通过对对象的不同角度的形体结构加以对比观察、分析和研究。

作业安排

1 课堂一周内完成二幅四开纸肖像的多角度素描作业
2 课外完成四组多角度肖像的速写，每组四张

图4、图5：同一个模特儿的不同角度肖像，通过对应的观察，把正面和侧面的形态，在不同角度、不同透视下把握动态和特征。这样的训练，能够提高捕捉形体的能力。把一个人物的特征在360度的角度变化中塑造出各种神态表情，这个正、侧面的训练是最基本的研究肖像特征的课程。

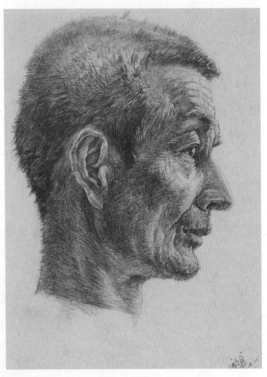

图4 黎贞

图5 黎贞

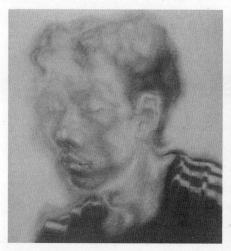

图6、图7有别于图4、图5的写生方法，这两幅作品带着创意手法表现的，把脑袋的体积和形状关系用影像手法把它处理得有些虚幻，但能够看出肖像的特征还是很明显，作者抓住了形象的最大特征，把握了正面与侧面之间的形体变化。

图6　尹作飞　　　　图7　尹作飞

第三周　以同一模特不同视点的俯仰关系进行观察比较

本周作业的重点是人物的仰视和俯视变化的研究。将同一模特不同视点的俯仰关系的变化进行对比把握。分析、研究同一对象在空间中的形体俯仰变化所引发的诸如结构、形体等在透视和形状上的变化，这也将有益于学生更深刻地理解其在内在结构上的变化本质。课堂写生训练中，利用石膏头骨（实物）与模特相结合的方式，通过对对象的不同仰视和俯视的形体结构加以对比观察、分析和研究。

作业安排

1　课堂一周内完成一幅二开纸肖像的仰俯透视素描作业
2　课外完成四组肖像的仰俯透视速写，每组四张

图8：作品看起来有些粗犷大气不拘小节，基本把握了仰俯的形态变化。作者用自己的表达技巧，使头部的体块关系很明确，同时表达了逆光下的光影效果。
图9：作品中同一模特的不同视点的俯仰关系把握得基本准确到位。人物形象典型的性格特征、基本形态结构、动态和透视等关系的把握也较为生动和自然。体现了作者对人物形象深刻的观察与感受和较好的素描造型能力。

图8　郭凯亮

图10：作者的构思比较巧妙，动态的变化是从连贯动作中定格下来的，因此身位感有些往右移动，脑袋往后仰了，能够看出这是一个动态的过程。画面呈现了扎实的素描基础，在逆光效果中刻画人物的表情与质感，并表达出了光线的感觉。

图9 王莺

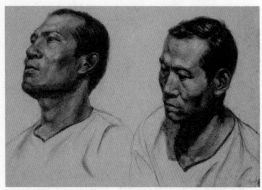

图11 冯伟

图11：仰视的透视变化是自下而上的比例变化，从脖子到下庭到中庭到上庭的比例位置在缩短。俯视的透视变化是自上而下的比例变化，额头明显开阔多了，而脖子被下巴遮掩了很多。在仰、俯的关系中体块与形状的关系会有相应的变化，但这只是位置上的变化，其特征不管在什么角度下都是一个共同特征。

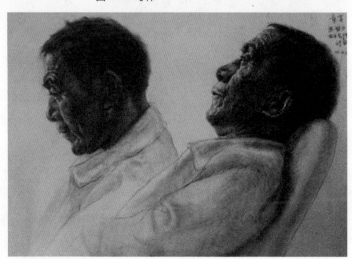

图10 章宵

第四周 人物肖像的写生与表现

通过以上三周的研究学习与训练，学生应基本理解和掌握人物头部结构和解剖的基本构造以及在空间中的各种变化，并能在写生过程中结合模特的外在形体进行主动地把握与表现。本周将进入了人物肖像的写生与表现阶段。通过对西方素描大师作品的欣赏与学习，用大师们那些独特个性的艺术成就和造型理念影响、促进和拓展学生的表现意识和思维方式。

作业安排

1 课堂一周内完成二幅四开纸肖像素描作业
2 课外完成四组肖像的速写，每组四张

图12：该作品体现了作者良好的艺术感受和素描意识。作者运笔轻松脱俗，画面较好的处理能力与熟练的技法相映成辉，既能充分注重模特的精神气质和整体造型特征的主动表现，更有深入细微严谨的写实塑造。

图12　胡高峰

图13　胡懿

图13、图14：作者具有较强的整体概括能力，简繁松实的技法运用，使得画面整体而又不失生动含蓄的鲜活的人物特质。既有线的概括精练的表现力，也有形体空间和体面结构的实在把握，很好地把极简与具实融合在一起。

图14　胡懿

图15 罗博

图16 王者

图15：作者以深刻的观察和
敏锐的捕捉能力，较好地把
握了对象的独特精神内涵和
特征。画面局部与整体关系
和谐，布局严谨，能整体把
握头、颈、肩的形体特征。作
品特征鲜明，造型简洁有
力，有一定的生活气息和视
觉感染力。

图16：人像的神态与气质被
表达出来。作者没有太多刻
画细节，却充分地表现了老
年人的基本特征。

图17：作者对形状特别敏
感，从外轮廓到脸部高光的
表现，充满了形状感。五官
和体块的塑造都很具体。作
者体现了扎实的素描基础。

图17 阳洁苏

图18、图19：这是一组三幅作品中的其中两幅素描。作者在表情变化中寻找脸部运动的基本关系，把不同状态下的神态、光影和形状结合起来，通过一系列的自画像，使自己获得立体的、不同方位下的人物状态和变化之间的关系。

图18　赵竹君

图19　赵竹君

第五周　男子半身着衣（带手）的写生与表现

　　课程侧重于人物的形体结构等解剖知识方面的学习研究和写实表现。由于学生对人体结构和解剖知识的匮乏或一知半解，在课堂写生之前，须以人体解剖挂图、以及各类结构解剖书籍来加强加深学生关于人体方面解剖知识的理解。在训练中要求从内在形体出发，透过人物的服饰研究人物体形内在研究。整体把握人物的（头、颈、肩、胸及上肢、手部）形体关系和特征，基本做到人体躯干形体的衔接、转换、运动空间等关系的表达。

作业安排

1　课堂一周内完成一幅二开纸半身（带手）素描作业
2　课外完成四幅半身（带手）慢写作业

图20：背侧的老者形体特征表现得非常准确和自然，尽管面容背对观者，我们依旧能从那佝偻的背躬中体验、感受到老人那艰辛和劳苦的人生经历，以及依然不失坚毅硬朗的生命活力。作者具备了相当的素描造型技能，衣纹与内在形体的关系塑造得既生动又准确贴实，作品空间前后关系良好，画面效果上佳。

图21：脸部和手部的塑造是素描习作的刻画重点。

图22：这幅作品的处理方法很独到，脸部的刻画被弱化，但脸部的整体块面感却很强。作者对衣纹有较深刻理解，因此整个人物的动态和形体关系显得明确清晰，简洁明了。

图20 程尤

图21 龚儒菲

图22 胡懿

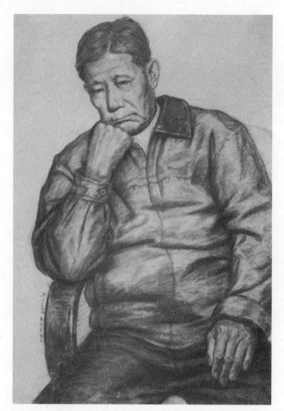

图23 王庆坤

图23：动态的变化会改变人物的神态，当手撑着脸部时人物的神态发生了变化，作品表达出了动态与神态的关系。

图24：作品较好地体现了教学要求以及作者严谨扎实的素描写实技能。该作者运笔轻松果断自然，具有一定熟练的技法和处理能力。能很好整体地把握了半身人物形象的形体关系和特征，人物的躯干形体的衔接、转换、运动空间等关系。既有深入严谨的写实塑造，也能充分主动地表现了模特的精神气质。

图25：这虽是一幅色粉画，作者仍然深入刻画了肖像神态和衣纹的造型关系。

图24 王琼

图25 叶凌翰

图26：面对每个人物的穿着，要根据
其形态，把握不同的质感和特征。
图27、28：皮质衣服的质感塑造有别
于其他布料衣服的塑造，用调子表现
容易些，如果用线条来表现皮衣质感
就比较难了。

图26　易佳兵

图27　章宵

图28　章宵

图29、图30：这种处理比较绝对。作者能够处理出整个形体的趣味，说明对素描具有主观的思考。作品采用单纯的线条勾勒外形，深入刻画脸部和手部，使画面产生极大反差来获得一种对比效果。

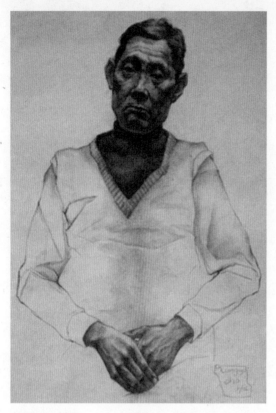 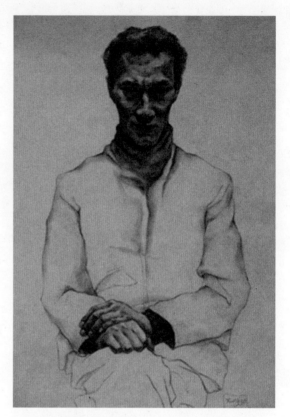

图29　赵春晓　　　　　　　　　　　　图30　赵春晓

第六周　中青年女子半身着衣（带手）的写生与表现

　　本周将侧重于中青年女子半身像的写实表现和画面整体的艺术处理。在训练中要求从对象整体的形态特征和感受出发，既要准确地把握对象的形体结构，更要强调对有鲜活生命的视觉对象的个体审美感受与表现。

作业安排

1　课堂一周内完成一幅二开纸半身（带手）素描作业
2　课外完成四幅半身（带手）慢写作业

图31、图32、图33：同一组模特儿，不同角度的习作。根据课程要求，需要解决的造型问题是相似的，但是每个学生思考的结果是不同的，习作的最后效果说明了每个人的认识是不一样的。

图31　陈颖

图32　张凯

图33　朱文杰

图34、图35、图36：以线条为主的塑造。

图34 罗博

图35 许甜锐

图36 陆地

图37：作品较好地体现了教学要求以及作者严谨
扎实的素描写实技能。该作品运笔轻松果断自然，
具有一定熟练的技法和处理能力。能很整体地把握
半身人物形象的形体关系和特征，既有深入严谨的
写实塑造又能充分主动地表现了模特的精神气质。
图38：木炭条使画面效果轻松，块面关系明确，作
者强调了光线的塑造，增强了画面的空间感。
图39：该作品既有视觉对象基本形体结构和形象
特征的写实把握和主动表现，更有生动的作者个体
的审美感受和艺术处理。轻松自然的技法运用，使
得画面整体而又不失生动含蓄的人物特质。作者较
好地运用了不同的绘画工具（有色纸、木炭及炭
笔、色粉笔），使作品获得了较强的视觉感染力和
画面效果。

图37 王琼

图38 应碧君

图39 张井军

第二单元
创意素描

□■课程简述

　　素描作为造型能力培养的手段，不仅包括了对对象的再现性描述，更体现为对对象的个体情感体验与创意性表达。创造性思维是艺术活动的动力，由于它不像绘画语言那样具有可视性，人们往往在基础训练中忽视它的存在，忽视了这种创造精神的力量。素描创意训练的课程旨在培养学生对个体生存体验的感知，运用素描的造型语言，创造性地表现个人所体验到的对象。这是对基础性的写生素描的一种补充与发展，有利于培养学生较为全面的素描基础能力。

　　创意素描是一个非常宽泛的概念，每个学生可以有自己不同的理解，可以选取的题材也是无穷的。但基本的要求是源于生活，这样才会有真情实感。其次，做为素描范畴中的创意，有别于平面设计中的创意，创意素描侧重于绘画性的表达，而不只是一个想法。本课程设计了两方面的内容：肖像的创意表述和自由选题的创意表述。前一方面内容和写生素描相衔接，便于学生进入；后一方面旨在拓展学生的思路。在开始这两方面的内容之前，可留一段时间供学生搜集素材和制作小稿，为制作正稿做好准备。这也是创意课程区别于写生的一个方面，重在培养良好的创作方法。当代艺术实践开拓了素描的内容与表现形式，也为学院艺术教育提供了启示。这个课程通过创作体验的方式，扩展了学生的艺术视野。

课程安排

第一、二周　同一人物的表情变化

　　对于从考前的训练模式中走过来的学生，刚接触脱开写生的创意素描训练时，也许会无所适从。这首先需要提供学生一个基本的当代艺术知识图景，使学生对现代以来的艺术方式有一个初步的了解和认识，理解艺术之与当今生活的关系，并在理解的基础上产生认同感，从而激发创作的欲望。

这周的要求是首先根据写生的体验，大量收集素材，主要来源于个人拍摄的照片或速写。题材包括肖像和自选主题，肖像的题材可以先做。依据素材制作小稿，在小稿中要探索最后的画面完成效果，注意画面的结构安排和素描语言以及材质的运用。最后的作业应以具象的方式呈现。如有时间，下周的正稿在这周就可以开始做，为第三周作业准备的素材和小稿也可安排在第二周同时进行。

作业安排

课堂二周内完成两组四开纸肖像表情变化素描作业，每组三幅。

图1、图2：从最普通的表情入手，可以通过记忆或摄像记录瞬间的表情，在习作过程中体会表情变化中的形体和神态变化，然后进行塑造刻画。这种素描方式和写生的区别比较大，这是带着创意手法去表现一个表情的动态连贯过程。它的画面效果在第一眼的时候就带着动感吸引你的视线。也许动作有点别扭，但是表情的变化带动着肢体的变化，这是动画特征的画面感。并列排放系列的表情素描后会发现，这样的练习充满生动，不仅开拓了学习的视野，而且会激发学生的创意思路。

图1 王雯雯

图2 王雯雯

图3、图4：平常的瞬间表情被永久的凝固下来，挤眉弄眼之间的神情、肌肉变化都体现着作者对日常的观察和经验的积累。

图5、图6、图7：这与纯粹绘画素描不一样，它带着实用功能研究不同角度中的面部透视变化。人物的形象被风格化，五官的微妙变化带动了面部神情的变化。

图3　陈韬昊　　　　　　　　　　　　　　图4　陈韬昊

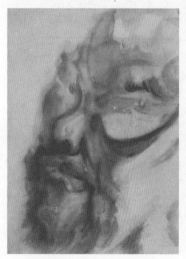

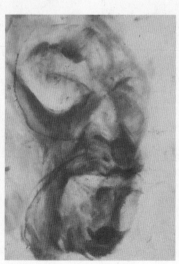

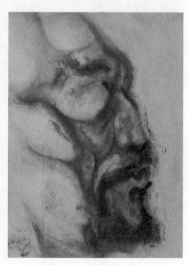

图5　王正　　　　　图6　王正　　　　　图7　王正

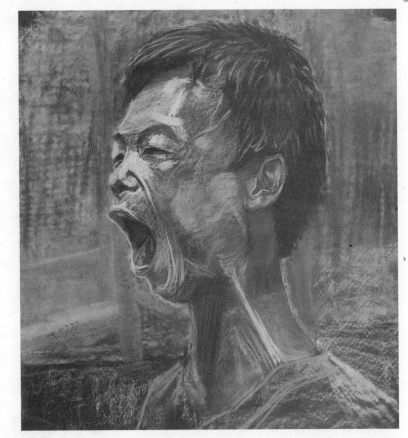

图8、图9、图10：表情在
吼叫和微笑之间会产生很
大的变化，爆发出不同的
力量感。图8、图9中，把
塑造力度几乎集中在张开
的嘴巴中，使原先平静的
肌肉生长关系在瞬间产生
了强烈的变化。作为动画
漫画的学生，必须要掌握
这些运动性的规律，能够
想象不同状况下的表情变
化，这是一种基本功。

图8　张天文

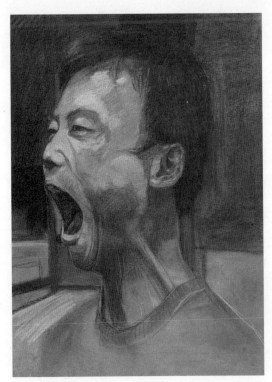

图9　张天文

图10　张天文

图11 单慧钦

图11、图12、图13：作者把肖像放在学习环境中展现不同的情绪变化。运用夸张的方式表现肖像表情。尤其是图13，画面生动地传达了发自内心的近乎咆哮的声音。而图12，又表现了那种宁静的状态，其动态与表情都处理得比较和谐自然。这一组素描具有了叙事的功能。

图12 单慧钦

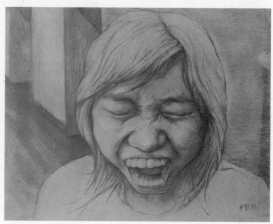

图13 单慧钦

图14、图15、图16：作者选择的视角比较有意思，通过不锈钢表面的映像效果来完成这套作业。这种效果与肖像写生的效果差异比较大，写生是以研究结构和体积为主要目的的，而这套作品却是以平面为主，运用光线和写意的手法来完成的。视角的选择是否新颖，能够体现出创意素描的生动性。

图14　侯明希　　　　　图15　侯明希　　　　　图16　侯明希

图17、图18、图19：作者充分地表现了对表情素描的理解，尽管在处理形的问题上不够成熟，但仍然强调了在表情作用下的脸部肌肉运动关系。

图20、图21、图22：肖像稍有些变形，但不影响表情的形象感。作者使用三个眼神的方向表达了三种动态，同时把眼神和嘴巴的造型关系自然地联系在一起。

图23、图24、图25：从生动的表情中体会到学生的生活气息。作者具有很强的表现力，表情舒展，塑造深入细致。眼睛和嘴巴的神态刻画得很成功，能注意到细微的变化。比较肖像写生素描，表情类创意素描的趣味性更高。它涵盖了单纯的素描写生中所要求的造型因素，并有更高的要求，同时也朝着创意方向寻找符合自身表达的语言。

  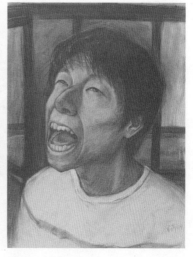

图17　金昂阳　　　　　图18　金昂阳　　　　　图19　金昂阳

图 20　揭鑫

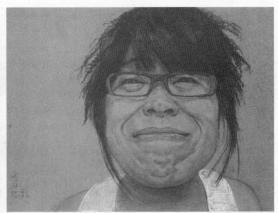

图 23　陆卓兰

图 21　揭鑫

图 24　陆卓兰

图 22　揭鑫

图 25　陆卓兰

图26、图27：把人物的表情置身于环境中，灰色调子和有色纸的灰度衬托了环境的气氛，作者具有较强的素描表现能力，运用光线和阴影效果较好地刻画了脸部的结构和神情、背景的处理增强了画面的叙事性。

图28：那种迷茫的神情，在昏暗的灯光下衬托出来的忧虑和无奈，刻画得很生动。作者塑造了透明的暗部处理和清晰的形体，很好地体现出了素描的内涵。

图26　孙砺锋

图27　孙砺锋

图28　孙砺锋

图29　王怡雯

图29、图30、图31：这种现实的表现手法建立
在写实素描基础上。每个作者能够选择自己的
方式进行创作。因此面貌各不相同，这是一个
强调个性的课题，只要你能够选择自己的视角，
就能表达自己的语言。

图30　王怡雯

　　从图32到图49是一个系列的18幅作
品，这个素描课程就是一个课题，学生可以
根据自己的理解寻找和选择主题，并通过
选择的主题延伸出更多的内容，形成一个
系列的组画。这样一个过程中，对挖掘形象
语言是很起作用的。从作品中已经看到，一
张脸有多种变化和各种表情，还有更多种
可能性需要去发现或创造。

图31　王怡雯

图32、图33、图34、图35、图36：作者采用相似的构图，把脸部放置在画面中心，截取五官部分作为主体，然后以眼睛和嘴巴的运动关系展示各种表情，时而仰视，时而平视，制造不同的视觉效果。

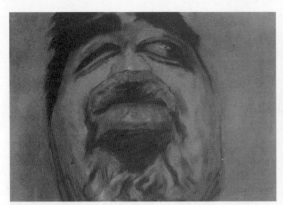

图32 罗赞

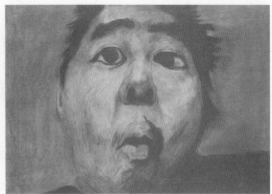

图33 罗赞

图34 罗赞

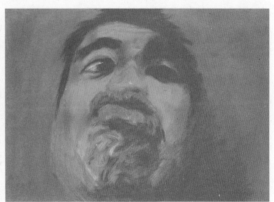

图35 罗赞

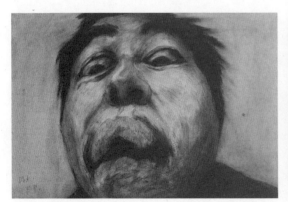

图36 罗赞

图37 罗赞

图37、图38、图39、图40、图41、图42、图43：作者运用肖像的位置移
动，制造不同的构图，营造一种空间转换，包括前后的空间伸缩感，图39
似乎是慢慢后退的空间感，而图43却是慢慢向你逼近的空间感，这是一
种镜头感的把握，这其中包涵了作者对研究肖像表情的综合素质。

图38 罗赞

图39 罗赞

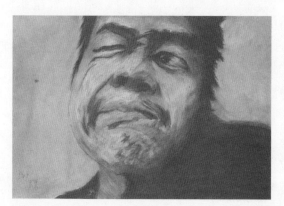

图40 罗赞

图41 罗赞

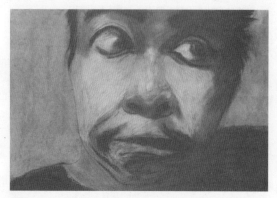

图42 罗赞

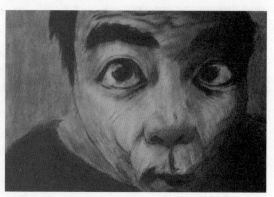

图43 罗赞

图44、图45、图46、图47、图48、图49：作者在日常生活中充分展现
自己的表情变化，运用夸张的手法表现面部神态。这是一种基本功的体
现，我们在创作一部动画漫画时，主角不可能从头到尾都是一个固定的
表情，不会处在一个固定的角度下，每个画面都处在运动和变化当中，
因此作者的这一组作品很能说明一个如何学习的问题。

图44 罗赞

图45 罗赞

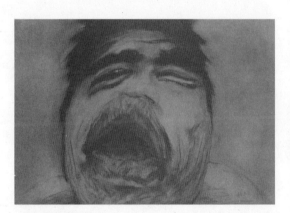

图46 罗赞

图47 罗赞

图48 罗赞

图49 罗赞

第三周 同一人物的夸张表现

　　这周以肖像为题材，依据同一模特，做三张作品，构成一组。这个要求和三种不同表情的素描训练有形式上的相似性，以便于学生容易进入这个课题，但这个课题的训练不强调面部表情，而在于创意语言的表达，同时在手法上可以更为丰富一些，不一定以写实为表现手段。要求区别于常规的再现对象的课堂写生方式，要在作品中体现较强的个人的主观感受，同时这种创意和个体情感的表达应当和一定的素描语言相结合。

作业安排

　　课堂一周内完成一组四开纸肖像夸张表现素描作业，每组三幅

　　图50、图51、图52：作者运用综合材料的组合，整个轮廓用一张黑色卡纸根据人形剪下来，然后把画好的素描肖像贴在脸部位置。把平面和二维的组合在一起，创造了特殊的效果。其实这样的思路是教学所提倡的，一种开放的姿态，会打开创意想象的空间。

图50 李圳香　　　　　　图51 李圳香　　　　　　图52 李圳香

图53 牛莉丽

图54 牛莉丽

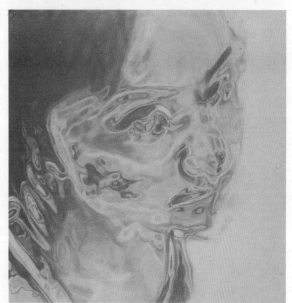

图55 牛莉丽

图53、图54、图55：这是一种再现的手法，肖像的表面被处理得像一种晶莹的液体状质感，流淌在脸部的每个地方。电脑上的图像处理能给我们带来多种效果，启发一种新的视觉效果。把效果要完整地表达出来，并非易事。作者清晰地抓住了结构规律，然后沿着形状的运动方向塑造这种效果。

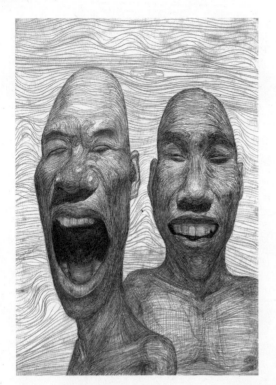

图56　彭庆裕

图57　彭庆裕

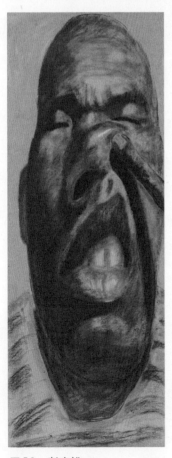

图58　彭庆裕

图59　彭庆裕

图56、图57：尽管这种嘻哈的
形象已经不陌生，但作者根据
自己的想法，把人物形象处理
得很夸张，抓住结构关系和肌
肉的运动方向进行塑造和刻
画，作者有着自己对素描的理
解。作者用丰富的线条表达出
有趣的画面效果，线条随着人
物体积的起伏而运动，波浪线
的运用使背景的气氛产生一种
动态的感觉，与人物形象和谐
统一。

图58、图59、图60、图61、图
62、图63、图64、图65、图66：
作者选择了肖像和手的组合，
每一个手势的变化都能反映出
不同的神情。这是一组系列的
其中两幅作品，在动态的瞬间
变化中截取有特点的造型，运
用自己的表达方式，深入刻画
人物的神态。

图60 彭庆裕

图61 彭庆裕

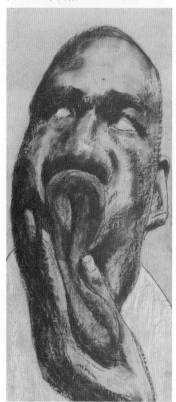

图62 彭庆裕

图63 彭庆裕

图64 彭庆裕   图65 彭庆裕   图66 彭庆裕

第四、五周　肖像创意素描

　　这周可以根据个人不同的兴趣爱好，自由地选择主题。可以给学生提供一些选题的参考，例如从比较熟悉的人或人体入手，转化思考方式，将人与动植物组合等，也可以选择熟悉的风景或环境作为创意主题，经过上周的作业练习，这周可以在更广阔的范围内实验主题的表达与语言、材质的结合。这周的作业在构图上会相对复杂，因此需要通过画素描小稿先解决画面形式语言问题。

　　在绘画实践中，要细心体察自身感受的绘画语言在画面中的表现力，并努力将体验的造型语言加以发展，使之逐渐成熟。克利曾经说过："绘画并不描绘可见的东西，而是把不可见的东西创造出来"。在这周的作业中需要强调心灵的体验与创造的意识。

作业安排

课堂两周内完成两组四开纸肖像创意素描作业，每组三幅。

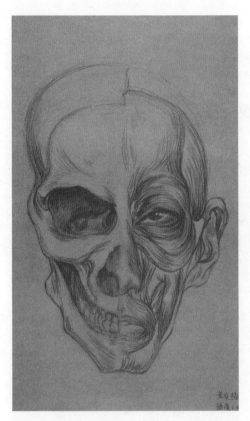

图67 黄小梅

图67、图68：运用夸张手法表现人物的表情，要根据一定的结构规律，作者用解剖方式表现了内层骨胳和外层肌肉之间的运动关系，运用对称的对比突显面部表情的变化。

图69、图70：我们能够清楚地看到夸张变形的基本依据，图69似乎要把五官的形态和树的形态对应起来组合，对五官等形体的夸张变化逐渐朝着树的造型靠拢。图70正常的脑袋比例关系通过挤压产生了另一种形态的肖像。

图69 李伟一

图68 黄小梅

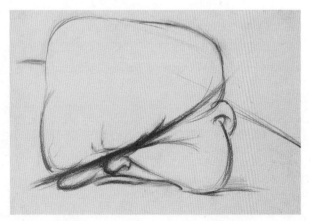

图70 李伟一

图71、图72：这种形式源于拼贴绘画。作者突破了工具的约束，用画报与报纸作为材料来表现肖像，用具象的轮廓和抽象的碎纸片合成了一个丰富的肖像作品，传达出另一种视觉效果。

图73、图74：这组自画像运用水墨的方式画得轻松自如。在表达创意的同时，依然体现了对对象的尊重，形体结构也较为严谨，同时将对象的精神气质表达得准确而自然，避免了矫揉造作的习气。人物、动物和植物的关系自然和谐。

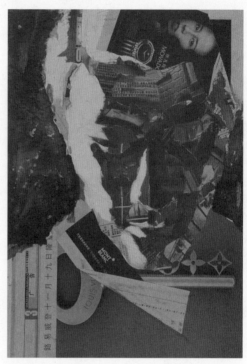

图71 邱永德

图72 邱永德

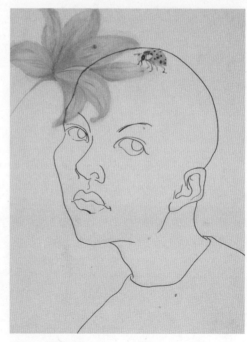

图73 周思退

图74 周思退

图75、图76、图77：构思或许来自梦境里的那种诡谲气氛，画面产生不安的、非现实的一种神秘气息。作者的表现力是出色的，通过巧妙的构图和光线的运用营造了画面气氛。图75对形与形的组合关系比较理想，灯光的效果和结构关系结合得自然，表情的塑造明确了画面所要传达的那种气息。图76，作者选择一个俯视的角度，把对象的头部到地面的空间景深表现得很远，然后人物揭下了面具露出了真面目，并用强烈的黑白对比营造此时的气氛。图77对角线构图预示着一种不平衡的氛围，联体头部的形象使气氛更显紧张压抑，瞪眼张嘴的神态关系以及皱纹的塑造充分体现了作者的能力表现。

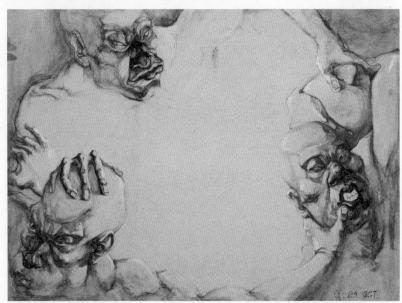

图75　陈聚力

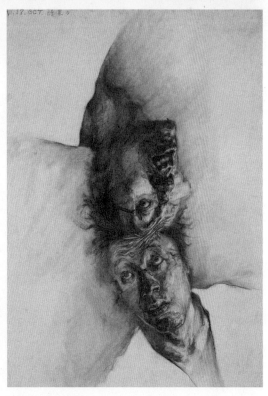

图76　陈聚力

图77　陈聚力

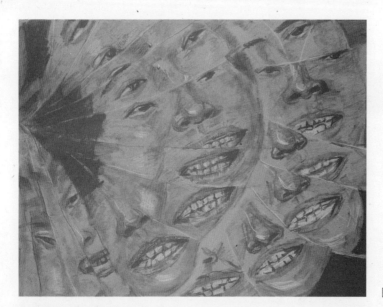

图78、图79、图80：作者选择一面破镜为视角，把肖像的局部和表情重复的出现在画面中，营造了一种虚幻迷乱的空间。作者把每片镜面上的形象刻画得很认真，从中能看到，这么复杂的组合，是在一个有序的结构中进行深入描绘的。

图78　高鹏杰

图79　高鹏杰

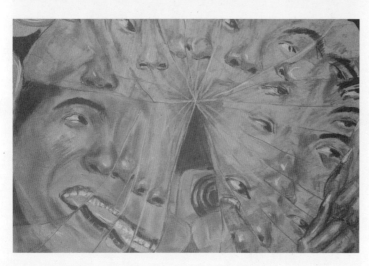

图80　高鹏杰

图81、图82、图83：画面采用立体主义的原理，把五官的形体分别独立出来，再进行重新组装与错位，来获得立体主义的效果。从每个局部中，能看到作者的写实描写能力，说明作者更注重创意想法去表达自己的视觉认识。

图81 隋超杰

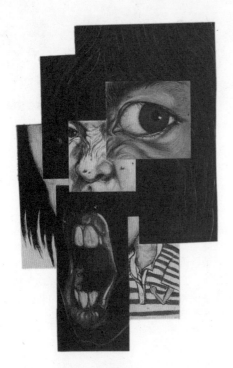

图82 隋超杰

图83 隋超杰

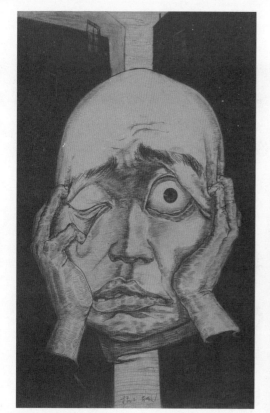

图84 蔡明亮

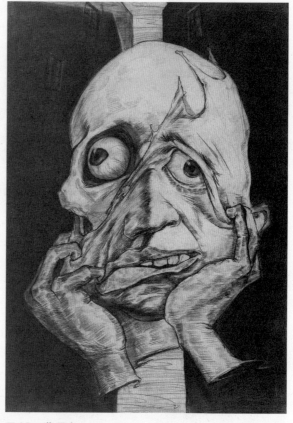

图85 蔡明亮

图86 蔡明亮

图84、图85、图86：这组作品很好地说明了一个现象，不管你怎么拔弄脸部的表情，都是根据一定的肌肉运动规律来进行的。因此之前的基础训练课——"头像、头骨和肌肉解剖"三位一体的作业是必需的，图85把三者之间的关系表现得很清楚，对头骨和肌肉的解剖掌握得越深刻，创意表现就越能放得开。

图88 曹国锋

图87 曹国锋

图87、图88、图89：作者主要表现人物的某种状态，面部神情漫不经心，白色扭动的笔触像似缭绕的烟雾，划破肖像的完整性，在紫色背景的衬托下，表达了一种迷幻情节。塑造仅以刻画表情特征为主，试图表现出人物的疑问，时而紧锁眉头苦苦思索时而出现片刻的凝视。

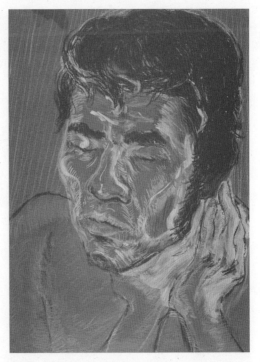

图89 曹国锋

图90：作者对动态与表情的把握比较到位，并能恰当运用结构表现体块关系。

图91：作品表现了很强的创意效果，把创意的想象发挥得非常生动，作者具有扎实的素描基本功，娴熟的塑造技能使画面显得很完整。

图92：作者具有很强的画面组织能力，通过细致深入的塑造，表现了一定的真实性。选择灰色卡纸和色粉笔作为材料和工具。

图90　冯伟

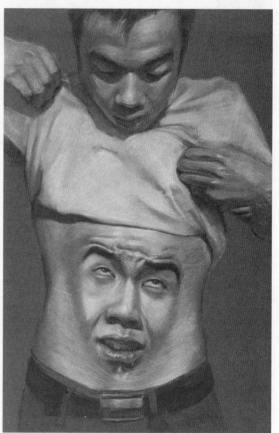

图92　冯伟

图91　冯伟

图94、图95、图96：画面像一个窥视的场景，人物的表现采用负片的效果。作者没有对形体本身采取某些处理，而对光影和色调采取了正负关系的处理，把原来的色彩反了个方向以此渲染另一种视觉效果。

图93　高鹏杰

图94　高鹏杰

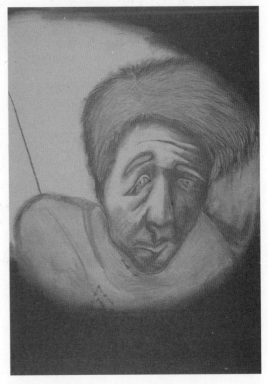

图95　高鹏杰

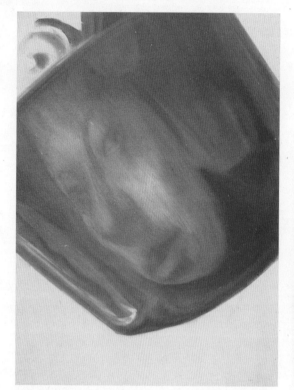

图96　侯明希

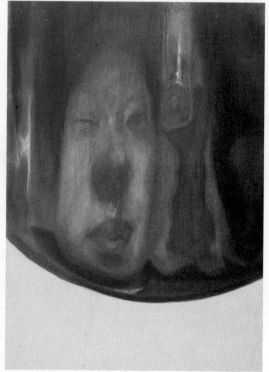

图97　侯明希

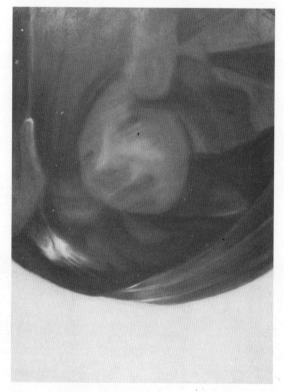

图96、图97、图98：作者选择金属表面上的影像作
为内容。从日常场景中能够发现人物与某种物质结
合后的新颖效果。作品展现出道具的肖像化和肖像
的道具化，截取道具局部的形状符合创意的形式，
金属表面上的图像是平面和意象的，已经被质感化
了的。人物的形态已经变形，人物的形状也随之变
化，面部神情在模糊的影像效果中看不到肖像表情
的运动细节，但是神形皆备。

图98　侯明希

图99 胡彩霞

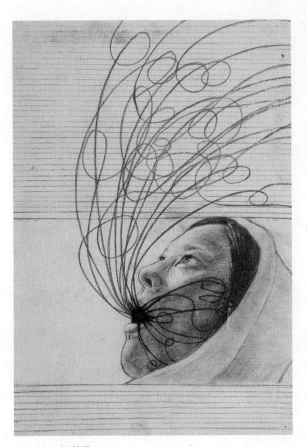

图100 胡彩霞

图99、图100、图101：巧妙的构思来自具象与抽象的
自然结合，画面呈现出对意念的表现，专注的眼神与从
口中喷涌而出的线条产生某种暗示。作者把握形式语言
的感悟良好，用简单的立意，表达出自己的创意。

图101 胡彩霞

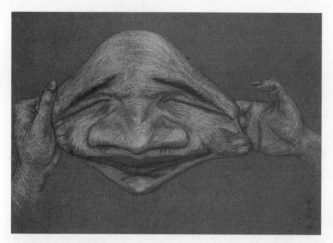

图102　黄元钦

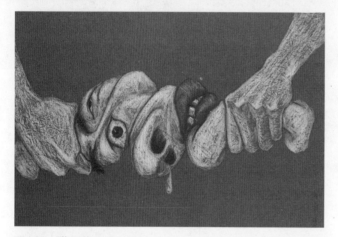

图103　黄元钦

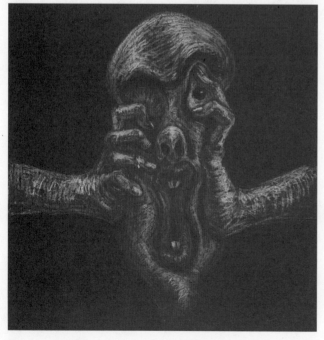

图104　黄元钦

图102、图103、图104：当脸部被随意拉长、拧曲和挤压时，肌肉产生了各种运动方向，表情也随之变化，要准确地把握好这种关系，就需要有肌肉运动的准确理解。作者的大胆构想是建立在一个有序的结构关系之中。

图105、图106、图107、图108、图109、图110：这组作品的形象有刺激视觉的作用，作者选择带着邪气的形象制造多种表情变化，能够看到，在各种表情变化中，作者仍然把握了肖像的特征。

图105 揭鑫

图108 揭鑫

图106 揭鑫

图109 揭鑫

图107 揭鑫

图110 揭鑫

图 111　凌韵

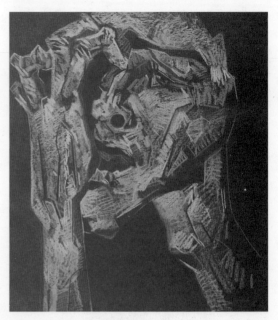

图 112　凌韵

图 111、图 112、图 113：画面效果带着立体主义的趣味，作者对块面和轮廓的处理肯定有力，对结构的理解很有把握，作者具备较好的素描功底，张开的手指和脸部形体的组合很和谐，指关节的塑造和变形的五官体现出作者对形体较好的处理能力。

图 113　凌韵

图114、图115、图116：作者创造了这样一个假想的形象，带有卡通气质，敏感而内向。这种创作思路也不失为一个方法，与将来的专业方向有了一定的结合。

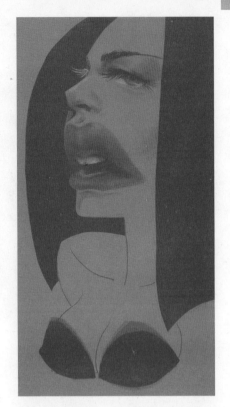

图114 牟洁

图115 牟洁

图116 牟洁

图117　牛莉丽

图119　牛莉丽

图118　牛莉丽

图117、图118、图119：选择金属勺子的背面表达肖像的仰视，平视和俯视的三种视角。扎实的素描赋予了写实的能力和创意的发挥，使作品生动而完整。

图120　宋佳妮

图121　宋佳妮

图120、图121、图122：由于对素描立意的方向不同，使每个人的创意素描效果差异很大。作者的表达手法来自海报或广告形式，强调了肖像在画面中的中心位置，动态和神情的反应都集中于脸部表情。

图122　宋佳妮

图123 尹作飞

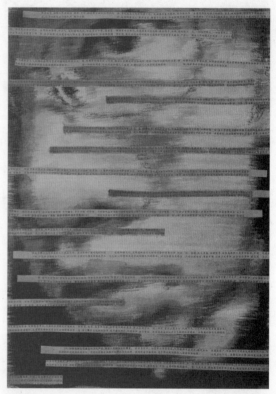

图125 尹作飞

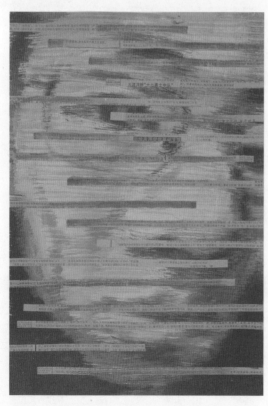

图124 尹作飞

图123、图124、图125：这个构思来自于信息世界与个体的矛盾。把报纸上剪下来的字条置于肖像之前，眼神流露出的疑惑，和面部神情被字条分割后产生了一种不确定的心理因素。综合材料的使用增强了画面的表现元素。

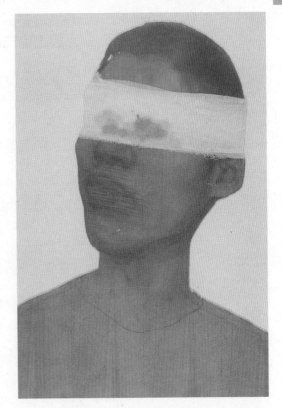

图127 张溪乔

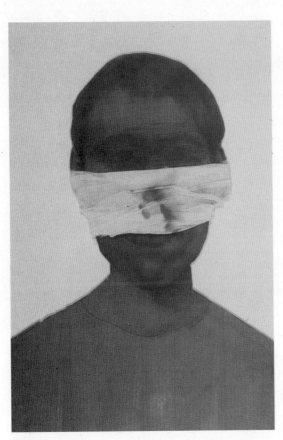

图126 张溪乔

图126、图127、图128：这组作品以清晰的形象吸引了观众的视线。作者在材料的选择上费了一番心思。一切材料的选择和描绘的方式都围绕着观念的表达，因此不会显得生硬。不同材质的运用，蕴含着丰富的表达空间，也是创意素描有待探索的一个方面。

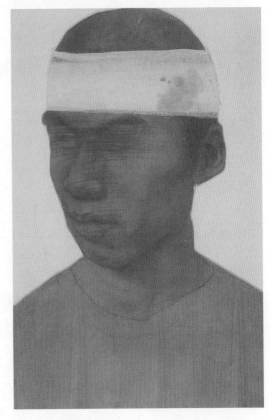

图128 张溪乔

第三单元
人物速写与慢写

□■课程简述

速写是训练心、眼、手的紧密结合，既所谓的"得心应手"从而更加精炼准确地塑造形象、表达情感，是看到形象、认识规律，到掌握规律所必须经历的过程。速写训练中那种积极观察生活，以及在艺术上的表现欲望，可以使素描、色彩等其他课堂作业完成得更加富于生气、更加生动、更加热情。这种相互配合、相互补充的关系，对培养和提高学生的全面素质和能力起到了积极而重要的作用。另一方面，速写又和艺术创作相连接，速写所培养的丰富想象力、默写能力和构图能力，又为艺术创作打下了一个良好基础。

在教学中，速写除了是基本功训练的手段、积累创作素材的手段之外，更是探索艺术形式的手段。学生在平时的学习中，接触到大量的古今中外大师的作品，也就逐步了解了千变万化的艺术风格，但是在课堂的素描训练中无法实现对绘画风格的追求，而更加注重形体、空间、结构、解剖等的学习，而速写课正是这样一个满足学生表现欲的机会，可以鼓励学生充分地发挥他们的想象力和创造力，尝试各种各样工具和方法，尝试各种风格的表现。

课程安排

第 一 周	静态人物单体速写
第 二 周	静态人物组合速写
第 三 周	人物组合以及场景速写
第 四 周	人体速写
第 五 周	连贯动作速写与慢写

□■课程要求

速写教学从慢写入手，循序渐进，先慢后快，先静后动。因为大部分学生都是第一次接触到这种严格的速写训练，一开始就快速地画那些变化的动态会很难适应。所以我们应该从慢写开始，先让学生了解人体的结构和运动规律，尤其是人体结构在衣纹上的体现，并且逐步让学生熟悉基本的速写工具：铅笔、炭笔、钢笔、圆珠笔。

第一周 静态人物单体速写

　　这周是所有学生在本科学习中第一次正式的速写课，所以有许多基本的常识需要讲解。教学以观察为主，主要了解全班学生的整体水平，找到普遍的问题以便于日后有针对性的解决。课堂作业的动作安排为一些常见的简单的动作：站、坐、靠墙、蹲或运动状态中的固定动作。

作业安排

课堂一周内完成两组八开纸人物单体速写，每组十五幅。

图1 一品

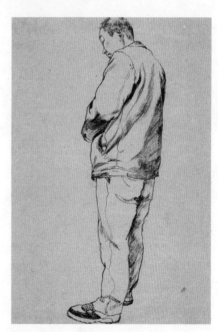

图2 一品

　　动画漫画的造型基础课中，速写的训练不能忽视，需要长期的、持之以恒的练习。速写能够描写瞬间的动态变化，能够在短时间内勾勒一个大场景，也能为设计一个剧本画出草稿，它的实用性很强，长期坚持速写能够记录各种动态，增强对动态的记忆，直到通过想象，就能迅速勾勒出一个人物的造型。速写的基本动作规律往往是常见的，所以在课堂上摆一些基本动作，课外捕捉些相对固定的动态进行练习。图1作者画出了动态的关系，基本抓住了坐在地上的动势，左手撑地，右手顶住脑袋，左腿的透视关系比较难画。图2的动态关系清晰明确，适当的明暗塑造使躯干显得有些体积感。图3表现了一个生活场景，人物动态与比例关系不错，道具的塑造也比较具体。

图3 陈惠松

图5 余红旗

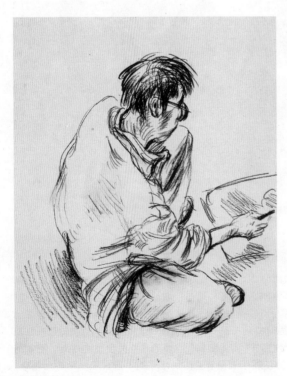

图4 余红旗

图6 余红旗

图 4、图 5、图 6、图 7、图 8、图 9、图 10、图 11、图 12、图 13、图 14、图 15 是一个学生的速写系列作业，有课堂和课外的。总体上说，作者的速写技能比较熟练，抓动态与特征的问题不大，用线表达结构，比例和特征的能力比较强。速写是通过数量积累，才能迅速提高质量，娴熟的技法来自勤奋。能够看出，作者表现的同一模特儿基本是固定和静止的，课外画速写的难度要大些，必须增加记忆的作用去默写来不及捕捉的动态。

图 7 余红旗

图 8 余红旗

图 9 余红旗

图10 余红旗

图12 余红旗

图11 余红旗

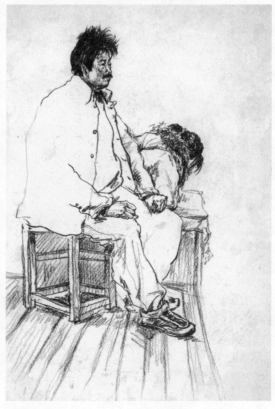

图13 余红旗

图14　余红旗

图16　张井军

图16、图17、图18、图19、图20：这也是一个学生的系列作品，作者表现的是正在动态过程中的人物，运动过程是有规律的，因此有足够时间把握动态的完整性。运用概括的动态线果断地确定人物的姿势，细节刻画不多，相对比较写意和大体。用这种方法画动态速写比较容易把握。

图15　余红旗

图17 张井军

图19 张井军

图18 张井军

图20 张井军

第二周 静态人物组合速写

这一周开始，除了讲解人物结构比例动态，还要讲解关于画面表现的常识。工具材料开始放宽，不做严格控制。

首先应该安排幻灯讲座，幻灯片以历代大师作品为主，并且辅以学院优秀的留校作业，目的为开阔学生眼界，活跃学生的思维。重点讲解大师作品的构图特点以及表现手法。

课堂上模特的布置要点是：将两个模特结合在一起，注意相互的呼应关系，可以适当添加道具，比如画架、桌子等，一张纸上必须同时出现两个模特。所以构图便成为一个重要课题。教师要引导学生开始注意绘画的意味，引导学生模仿从画册上见到的经典构图和绘画形式。当然，人物的表现是否准确也是一直要强调的问题。

作业安排

课堂一周内完成两组八开纸人物组合速写，每组十幅。

图21：双人组合速写，作者的表达重在场景的空间氛围，对人物的刻画不多，只有基本动态。图22：画面完整，人物的组合和谐自然，场景的塑造比较细致。线条画得轻松细腻，在结构的转折处涂些明暗调子，增加了层次关系。

图21 张井军　　　　　　　图22 白雪

图23　鲍天冰

图24　鲍天冰

图25　陈雪莹

图26　吴明辉

图27　李升勤

图23、图24、图27、图28：双人组合的正面和背面，用立体的角度练习组合速写，画面效果轻松，用笔随意，抓住了动态和比例，也刻画了脸部的五官神情。多角度的练习对形体理解更有意义。

图25、图26、图29、图30：劳动的动态练习。从不同的角度看过去，人物的动态所传递出来的视觉信息是不同，组合的形状、动态的强度以及表现手法都会影响画面效果。课堂中的组合练习使学生认识其规律性，用整体观察的方法把握整个画面的场景与氛围。通过静态的训练，然后到课外去接触动态中的人物场景，学习快速捕捉人物形态。课堂与课外的练习使速写学习得到互补。

图28　刘颖

图29　刘颖

图30　吴明辉

图31 陈炳奇

图32 陈炳奇

图31、图32、图33、图34、图35、图36、图37是一个学生的课外速写系列，描绘的是日常生活片段，作者使用色彩表达速写作业。图31，作者抓住了瞬间喝酒的动态，人物的造型很概括，动态表达比较到位。图32：一个动作的姿势，较好地把握了四肢的动态关系，尽管没有细节的塑造，但是人物与周围的空间关系都已经交待出来。图33、图34：都是快速的表达方式，技法娴熟，动态关系点到为止。图34中人物的俯视效果强，躯干与腿部的造型表达清晰，并运用光影增强了空间效果。

图33 陈炳奇

图34 陈炳奇

图35　陈炳奇

图36　陈炳奇

图35：一个用餐的瞬间，记录平常的生活。图36对于速写而言，就是从生活中寻找对象，记录事情的瞬间，来积累视觉经验。图37：共同课教室的场景，作者用人物比例的大小对比强调了教室空间的景深，人物的动态非常概括，没有太多的细节。

图37　陈炳奇

第三周　人物组合以及场景速写

　　本周以人物组合为主，辅以人物带环境的场景速写。

　　课堂作业安排比较灵活，鼓励学生在课堂上尝试新鲜的绘画工具和材料。模特安排为双人组合，可以模拟简单的情节，衬布和桌椅等道具也加入其中。规定一周的课堂作业数量，但是不规定每天的作业量，由学生自主安排。同时要求水平较高的学生带头完成以教室为内容的场景速写，画面上出现三个以上的人物，并且有环境和空间表现。学习如何处理复杂的黑白灰关系以及色彩在画面上的应用。具体到画面上的单个人物时，指导学生尽力去表现人物的神态和表情；衣纹的转折和衣服的质感；引导学生去关注画面的平面构成因素。而场景速写则要求学生尽量表现出一种氛围或一种情趣。

作业安排

　　课堂一周内完成一组八开纸人物与场景速写，每组五幅。

图38　施辰静

图38：课堂作业练习没有课外的表达那么自由，需要摆好模特儿，似乎都在计划中进行。但是课堂的练习提供组合训练的条件，通过训练获得人物组合速写的体会，在户外写生中就不会不知所措。因此课堂训练中可以把人物和场景刻画得比较充分，甚至可以表现得面面俱到，直到表现了自己想要的效果。速写是一个熟能生巧的课程，大量的练习使学生的造型能力得到更快地提高。

图39：场景速写的场面比较复杂，如果选择公共场所之类的环境，人物与建筑的关系就比较难处理了。图39是一个上课的场景，人物动态相对比较固定，也有较多的时间去深入刻画。从这幅作品中看到，一群人物的比例和空间关系，人物和建筑的透视关系都需要认真地对待。作者把人物的细节刻画舍弃了，更多塑造了人物的体积关系，群体形象具有雕塑感。

图40：相对自由的表现手法，运用平涂手法，描绘共同课教室的场景。人物的群体轮廓明确，人物的远近层次感很清晰，利用背景的黑色和白色衬托了人物的形状。用水笔塑造了人物形象。

图39　吴明辉

图40　叶凌翰

图41：这是教室里的人物场景，利用镜子的影像增加了画面的空间深度，探出半个身位的人物与镜子里的人物，正好形成静与动的对比，比较具体刻画了皮茄克的质感。

图42：这是一幅色粉画。表现了夜晚候车室的场景。场面大的速写在画前需要思考构图和基本效果，人物的动态要有选择。复杂的速写与单个人物的速写有明显的区别，众多的人物塑造不能逐一具体化，需要概括出一个层次或一个团块。如图40，左边两个人物呈三角形状，处在画面前方，右边的5个人属第二层次，作者用黑色和灰色归纳了其造型。如图39，作者把一群背对画面的人物归纳成一个团块，然后根据其空间秩序由近而远地进行塑造。图42的作者根据椅子的前后排列，确定人物的前后空间关系，特别强调了最近的那个人物的塑造，以此表达候车旅客的形象。

图41　叶凌翰

图42　叶凌翰

第四周　人体速写

□■课程简述

　　通过本课程教学，使学生摆脱考前弊习，促进学生对人物造型基础理论知识体系的建立和完善，逐步使学生接受人体造型视觉信息的能力，对人体结构、动态的自觉探索和创造的能力，把对人物造型的有效表达能力推向一个新的台阶与高度。明确整体观察的意义，提高学生对人体形态的整体观察、整体把握的思维能力和作画技能，养成通过对人体呈现的状态去分析研究其内在结构的习惯，养成对人体结构决定人物造型、动态的研究习惯；基本具备准确理解和把握对象的形体结构的能力，具备一定的对模特写生的造型技能，基本具备对复杂人物动态进行综合艺术处理的能力。

作业要求

1　注重人体基本的形体比例及透视的把握。
2　注重"人体内在骨骼与肌肉结构"的研究分析和把握。
3　注重人体结构与结构之间相互关系。

作业安排

课堂一周内完成一组八开纸人体速写，每组十幅。

图43　程承

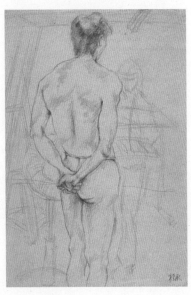

图44　程承

图45 陈远

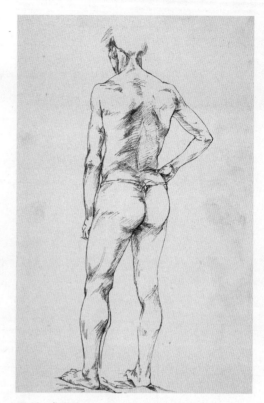

图46 方玉玲

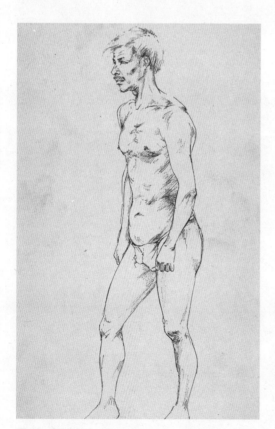

图47 方玉玲

图48 高文越

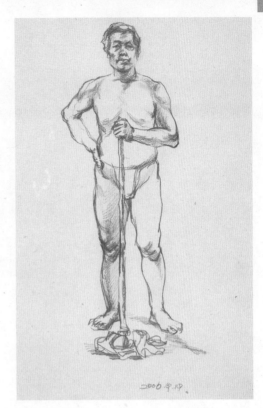

图49 高文越

图50 凌韵

图45：从形体的特征上看，基本表现了女人体的形态。动态关系不错，两腿交叉的姿势和手臂的关系表达出了动态。头颈肩的关系不够理想。色调的处理比较好，简洁明了，表达了一定空间感。

图46、图47与图45比较，作品对线条的要求更准确。白描的方式勾线，如果形不准容易变成像装饰画的效果。线条刻画得比较冷静，基本画出了线条与形体的组合关系，线条用水笔表现，比较有力度。

图50、图51、图52、图53：每个学生的作画方式是有区别的，但是画画认真是共性的要求。这一组人体速写中，学生对待每一张作品都很认真，对画面需要理解的重点内容很清楚。画面有些形的问题，这些问题在日后是容易解决的，明确画画的态度是最重要的。

图51 凌韵

图 52　凌韵

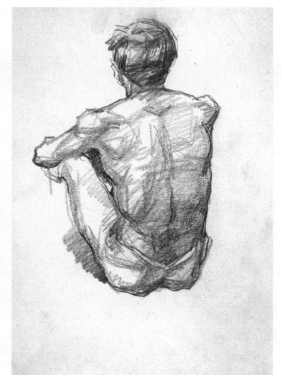

图 53　凌韵

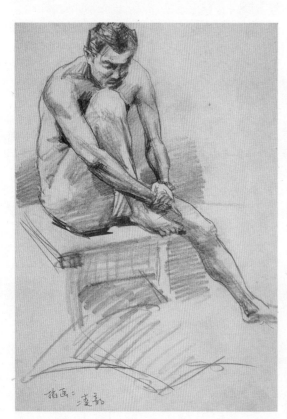

图 54　凌韵

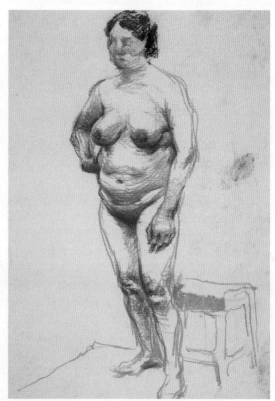

图 55　苏向攀

图55、图56：画面表现比较轻松自在，女人体的特征强调得很明显，躯干部分作为刻画的重点，把大块面的结构穿插关系疏理得很清楚。用线面结合的方式表现男人体，细线勾勒外形，灰面表达体积转折，古典素描中较多采用这种作画方式。

图57、图58、图59：作者对线条表达了更多的兴趣，线条的表达方式最直接，人体速写中只要抓住了基本动态与结构，线条的效果就能被体现出来，要求准确比较难，所以在人体速写的训练中，要多熟悉结构，才能够自然地结合理性认识和感性认识。

图56 苏向攀

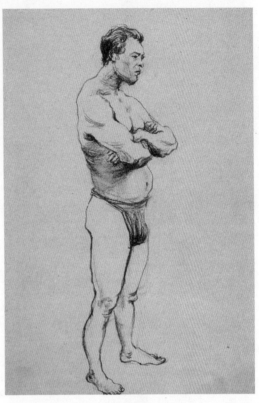

图58 张帆

图57 张帆

图59 张帆

图 60 陈翔

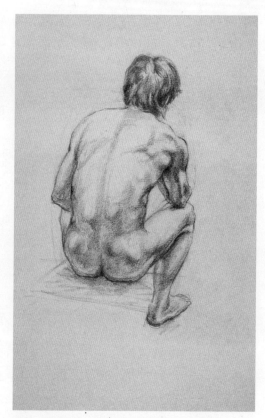

图 61 陈翔

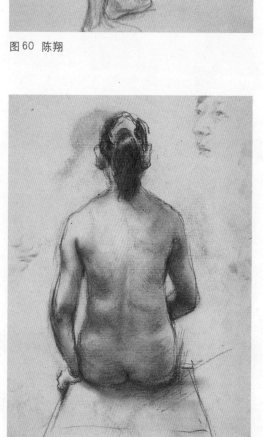

图 62 苏向攀

图 63 汤竞成

图60、图61：人体速写训练可以获得对人物动态和结构关系的具体认识。图60：老人的姿势重心在右腿上，从颈椎到腿部的动态关系以及结构穿插关系很清楚，右手撑腰的动作中，上臂与肩胛骨的形体关系和前臂与躯干的空间关系都已经具体交待。图61：人体的坐姿，轮廓线的表达很明确，线条与块面结合塑造了一定的体积感，运用大块的亮部与灰面表现了一定的光影效果。

图62：外形简明扼要，调子柔和，女人体的肤色与质感被轻松表达出来。人体速写不需要太多细致的塑造，其目的是研究人物的动态和结构关系，只要把要求表达清楚，然后结合自己的理解表现一定的绘画语言。

图63：比较图62，男人体与女人体的特征差异很明显，说明学生对人体有一定的理解和处理。这幅作品使用较粗犷的轮廓线勾勒男性形体，其结构关系明显，人物的动态关系表达到位，这种塑造比较适合人体速写的表现。

第五周　连贯动作速写与慢写

□■课程要求

"动画是作者根据自己的意图创作出来的动态和变化，让没有生命的东西动起来，从而变得有生命。"这是对于动画的一种描述。基于对传媒动画的特定要求，我们需要对人物的结构、动作、运动做一些了解和学习，并进行素描和速写的训练。

一般认为，人体可以作出数量无限的可能动作，但仔细观察表明，表面上不同的多种动作可以概括为四种类型，即：伸展、弯曲、扭动和旋转，这四种类型的动作形成了人体的各种运动状态。连续动作的速写与慢写训练正是在研究人体运动状态过程中，为传媒动画专业造型基础走向专业化训练所进行的一个重要阶段。其他造型专业的素描与速写、慢写训练，重在造型能力的培养、素描的全因素塑造、光影关系的深入处理、人物造型的生动与准确，而传媒动画专业的素描及速写训练，必然是紧密围绕其动画专业的特征去指引教学与训练，连续动作的速写、慢写训练是非常直接并行之有效的训练方法。

人体的运动对传媒动画专业的造型训练来说始终是一个特殊的问题，运动过程的每个阶段都不是稳定的，因此在素描速写训练中善于把握和理解运动中人物各个阶段的特征和人体结构、解剖关系，以及人物的动态、重心、运动方向等等，在素描与速写的训练过程中始终把握好人物的平衡很重要。连续动作是从一点开始在经过单一连续的动作之后结束，速写与慢写训练是传媒动画专业创作的基础，多进行速写与慢写训练可以培养学生整体观察能力和捕捉运动中人物形体结构的能力，以及对运动中人体动态的把握和完整表现、塑造的能力，可以让我们头脑中积累很多有利于将来从事创作的素材。

动画大师肯·哈里斯有这样的忠告，"要学习的第一件事就是画行走，研究各种各样的行走姿势。因为走路差不多是最难画准确的。"

课程安排模特以简单的活动进行素描训练，学生从来没有接触过此类素描训练，表现上会很受限制。动画专业以人物的刻画表现为主，也会涉及动物及风景，对人物必然需要人体解剖知识的运用，不掌握人体结构根本无法表现运动状态中的人物。请模特进行简单运动，每个动作停留 2 0 分钟，安排学生进行写生。要保证画面动作的连续性和处理画面的合理性。学生在这个训练过程中先以较快捷简练的手法概括出模特运动的整体趋势、大体结构和效果，然后在模特运动过程中逐渐深入刻画，这样训练的好处有：

　　　1 培养学生整体观察的能力；

　　　2 培养学生把握运动中人物形体结构的能力；

　　　3 培养学生把握基本形体特征及运动动态。

　　在观察对象的时候，应该对人物运动过程中人体结构重心平衡所产生的变化进行分析，这样才能在塑造的时候，合理而准确地表现出人物形态。比如：跑步描绘的是一个从平衡到不平衡状态的变化过程，由于不平衡，身体总要通过受负荷的腿，重心也由此从左右腿之间转换，由此肩膀也会产生相应的变化以保持平衡。

作业安排

课堂一周内完成一组二开纸连贯动作素描作业，每组两幅。
课外一周内完成一组连贯动作速写作业，每组六到八个动作。

图 64：作者有扎实的素描造型能力，对人体的结构与动态关系把握得比较好，人体运动过程的几个停留状态表现得比较充分，塑造和刻画深入完整，画面的构成感强，运动过程并没有刻板得处理成一条直线，而是进行了有序的安排，形成了比例不一的动态画面。

图64　漆超群

图65 赵竹君

图66 张茜

图65：这幅习作能看出作者具有细致入微的观察能力，并能用细腻的色调表现出人物运动变化过程中的几个动态，动作典型，塑造生动。

图66：作者用厚重的色调表现出模特从侧卧到站立过程的五个阶段，整个运动过程清晰明朗，关系明确。

图67：这是一幅非常生动的连贯动作速写，作者首先抓住了骑车者的第一个动作进行较为具体的描绘，其后的几个动作并不是呆板地跟随，而是合理地考虑每个动作的紧密联系并进行合理布局，疏密有致、轻松自然，人体结构关系明确，虚实得体。

图67 俞寅

图68 俞寅

图69 刘沐野

图68：连贯动作的素描、慢写训练，首先要具有敏锐的观察能力和善于抓住运动特征的能力，作者较好地把握住这些关系的处理。

图69：作者利用凝重的笔触表现出模特活动的不同动态，以遮挡的方式表现前后不同的过程，结构关系和比例关系准确。

图70：作者善于运用生动的造型和轻松自如的笔触表现画面，对于人物运动过程表现得很流畅。

图71：画面的运动感强，作者较为扎实地表现出模特的结构关系，塑造上也比较生动完整。

图72：作者以速写的形式表现连贯动作的过程，生动自然并主次关系明确。

图70 俞寅

图71 张茜

图72 俞寅

第三章

风景类素描

第一单元
风景类基础

□■课程简述

场景、风景素描包含了透视和自然的结构，各种物质形态的生长规律和色彩的无穷变化。我们从复杂的自然形态中梳理出绘画的造型规律，能够帮助我们了解客观的世界，能够运用到创作中，表现人与风景的关系。人物的活动不是固定的，与人物有关的场景和风景是在不断变化的，如果一个人在室内活动，那么剧院、咖啡馆、健身房、图书馆、厨房、银行等场景自身都具有特殊的功能，从造型的视角出发，每个室内的特征因功能的区别而不同，结构、光线、气氛、人与场景的关系等随之而变化。当我们用绘画形式去表现它的时候，必须寻找到最具典型的造型感，用概括与表现的方式把它转化成视觉语言。同样，人物活动在自然中，在水边、草地上、树林中、户外运动或在水中游泳，都处在运动过程中，如果设想从一个多角度的方位去表现人物活动时，那么人物在俯视的角度下产生了相应的透视变化，人物身边的环境随着视角的变化而变化，原来平视时的现象因俯视而变得更有视觉效果来获得另一种情感的表达。所以，场景、风景类的素描课程具有重要的运用性，在设计一个几秒钟的镜头，或许需要几十幅场景或风景来表达某种情景或人物内心的变化。

场景、风景素描训练需要长期作业和短期作业的结合，长期作业的目的为了更具体地了解风景的造型因素，比如形状、形体、形状与形状的重叠和组合，形状与形状的前后空间等，短期作业的目的则在强调概括能力，在短时间内表达对环境的造型认识。

当然，风景素描需要积累，它涉及的内容丰富，从教学上讲，我们选择典型的形态，循序渐进式的步骤来训练。这里的风景素描基本以观察写生的方式为主，建立对自然的现实认识。

课程安排

第一周 | 树的素描
第二周 | 建筑素描
第三周 | 室内场景素描
第四周 | 风景素描

第一周 树的素描

作业要求

1 掌握树的结构关系和生长规律。
2 掌握不同角度中树的透视关系。
3 掌握树与环境的空间关系。

作业安排

课堂一周内完成一组八开纸树的素描作业，每组四幅

图1、图2：作者充分地画出了树的形态特征，树干的形体明晰，树枝的分布有节奏感，对树的结构理解很肯定。刚接触风景素描时，习惯从画树入手。树的形态千姿百态，从风景的内容上看，树的题材必不可少。从绘画的要求出发，我们首先要观察树的生长规律，然后根据我们的理解进行描绘。树与人物一样，有自身的动态和结构，由于形态的差异，我们要认真观察树的组成部分和树与环境的关系。

图1 李华静

图2 王毓岚

图3 丁凯

图3：不同的质感运用不同的技巧，作者以均匀的排线技巧塑造了比较光滑圆润的质感。把树干的形态表现得像雕塑一样结实有力。

图4：作者选择了一棵形态有趣的树，把树的整体形态画得很流畅，从树干到树枝的形体变化刻画得生动细腻，很好地体现了作者的造型能力。从粗状的树干体积过渡到细小飘垂的树枝，经历了多层结构的转换，每一层的结构包涵了形的转折与变化，在众多树枝交错后形成了复杂的空间和生长的脉络，作者把这些关系通过自己的观察和理解把它们清楚地交待出来，取得了很好的造型表现力。因此，画树的素描要体现出树的形态、树的结构、树的质感和树的空间。

图4 闻贞

图5：把一棵大树置身于丰富的环境中，强烈的黑色凸显了树的主体位置，从树干到树枝的塑造中清楚表现了树的形态和结实的质感，同时黑色的树干与背景的一片灰色树叶形成了空间关系。

图6：采用平面剪影的方式勾勒了树干与树枝的外轮廓，细长的树枝分割了整块的天空，形成丰富的不规则的形状。不同的表现手法产生不同的视觉效果，但是我们发现每个学生画树的共性之处，就是能够认真地分析树的生长结构，并能运用自己的理解表现对象。

图5 朱利峰

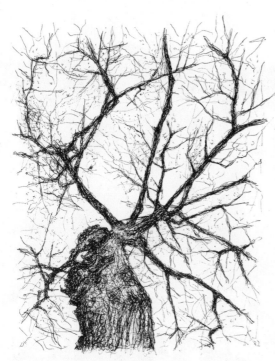

图 6　张艳洁 图 7　丁霞

图 7：作者首先对树的纹理进行了概括，然后对树木表面上的肌理进行刻画，使用钢笔技法，控制形体的虚实关系，以此突显被重点刻画的肌理效果，使它的肌理表现力度具有更强烈的视觉冲动。图 8：细腻精细的笔触表现出树的特有质感，形态流畅舒展。

图 9：作者选择了一棵大樟树，有意识地虚掉树叶的形体，使树干与树枝的结构显得很强烈，把树的形态特征表现得道劲有力，也较好表现了树干与树枝之间的结构穿插与空间关系。

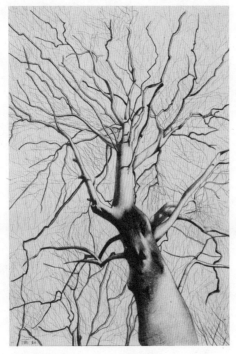

图 8　丁凯 图 9　梁宇

图10 李华静

图11 朱利峰

图10、图11、图12、图13：把这四幅作品放在一起比较，发现作者面对树的质感表现非常敏感，同时把课堂教学的灵活性也体现了出来。学生通过自己选择对象，自由发挥表现手法，图10把树皮表现得松脆丰富，其色调恰到好处地塑造了这种质感，图11把树每一层肌理结构的层次梳理得清晰明了，用调子的对比塑造了凹进凸出的体积，使其表面质感复杂、神秘，具有悠久的岁月创伤感。图12和图14把树干的形态表现的很生动，随着树的纹理起伏走向来塑造质感，经过每一节的树疙瘩，树干的质感被表现得像铁一样结实有力。图13把巨大的树干表现得光滑而松动，视觉效果轻松明快。

图12 朱利峰

图13 丁霞

图15、图16：当画面出现若干棵树的构图时，素描的重心要转向于树与树之间的空间表现。首先画面的构图要稳定平衡，怎么把若干棵树合理分布在画面中要进行谨慎的思考。其次对树的结构关系要有明晰的梳理，重点要突出，对疏密的分布要合理。然后要把握树的层次关系和空间表达。图15：运用粗细的对比营造了两棵树前后远近距离的空间关系。

图16　作者把构图的重心放在右边，而树的动态倾向于左边，营造了构图上的平衡感。运用虚实处理表现三棵树之间的空间位置关系。

图14　朱利峰

图15　王毓岚

图16　李华静

图17：树的素描训练经过一棵树和若干棵树的课题后，就会进入到更复杂的大场景中。图17是树和水的风景素描，画面优美恬静，景深很远且层次丰富。从作品中分析，画面是上下对称的结构，水中的影像尽管是虚幻的，但这是真实物质的倒影，水面上的树与树林的塑造需要具体实在的表达，对构成、体积、质感和背景的层次，都要认真刻画。整个水面的色调比较重一些，这样使水面与树林的层次明显区别开来，对于水

图17 商榷

图18 陈晓璐

图19 梁宇

中的倒影，作者采用比较笼统的方法表现影像的关系，突出水面的质感和树林的对比。画面的两个部分和谐自然。图18是树和路的风景素描，画面结构根据路的方向，把树分别放置在路的两边，形成一个简单的景深。丰富的树枝和宽阔的路面产生一种强烈的疏密关系，画面显得空旷宁静。图19作者选择低视角，表现树与建筑的关系。画面的左边，层次丰富，塑造具体，把树干，中景的树丛和叶子，远处的房子刻画得深入细腻。画面的右边，塑造了一个很远距离的景深，路面与树叶在焦点透视的秩序中逐渐消失。作者的空间表现能力得以充分肯定。图20是有关树林的素描，把树置身于整个树林中，没有主要的树木明显地出现在画面中，图21：作者冷静地分析了画面的构成因素，树干是画面中垂直的结构线，而树的轮廓线和树叶阴影部分则是横向的结构线，然后结合树的形态特征进行耐心地分组塑造。所有复杂的场景，都能分析出其外部和内部的画面结构。

图20 商檴

图21 梁宇

第二周　建筑素描

□■课程要求

　　1　掌握建筑物体的基本透视关系，运用焦点透视法表现空间。从现实的角度出发，了解建筑与人物的比例关系，为将来的创作中表现人物活动的场景准备必要的认识。

　　2　掌握建筑的结构关系，运用几何形体去理解各种建筑外部形态，并通过不同角度运用不同的透视关系表现不同的场景。

作业安排

课堂一周内完成一组四开纸建筑素描作业，每组三幅。

图22　梁宇

图22：由近及远的台阶和扶手的透视关系是一致的，右边建筑物的房顶与外墙面装饰木条的透视是一致的，都体现出近大远小的透视现象。这是典型的焦点透视法。在建筑素描中，这种透视现象普遍存在的。根据这样的透视方法，创造了多种形式的素描建筑，运用这种方法，就能掌握空间的表达，能将镜头拉近或缩远，能将建筑物表现得很有气势。

图23、图24：这两幅素描分别对同一栋楼的局部进行了深入刻画。从动画的特点来看，人物和场景在不断的转换中，体现时空的变化。如图所示，对建筑素描练习需要表现出动画的图像特点，采取不同的角度，不同的景深和不同的局部进行深入观察和表达。作品体现出准确的透视关系，对建筑的塑造耐心细致，深入的刻画有助于学生对建筑素描的认识。

图23 丁霞

图24 王毓岚

图25 孙洁琼

图26 王毅

图25：作品表现了大型建筑物的全貌，随着离作者的视角越远，建筑的顶部透视变化就越大，由低而高的楼梯显示了这种透视关系。

图26：仰视的角度越大，画面的视觉效果就越强，运用好近大远小的透视规律就能表达出不同的视觉效果。

图27通过低视角，远处的建筑由于透视的关系变得很高大。图26正是因为透视的强变化，使一幢普通的住宅楼看起来像一幢摩天大楼，营造了夸张的视觉效果，并起到描写特定场景的作用。

图27 李美坦

图28 叶芳艳

图29 叶芳艳

图30 叶芳艳

图28、图29、图30：作者选
择一组造型有趣的廊桥，用三
个不同视角进行素描练习。系
列的作品里，明显感受到构成
的效果，是建筑本身的结构力
度在起作用，作者正好把这些
因素表现出来了。图28作品表
现了廊桥深度的空间关系，黑
白分割使画面产生丰富的形
状。图29廊桥从左上角插向远
处，从视觉上产生一种气势，
对角线分割了画面，形成了明
显的几何形构成。白色的三角
形天空，黑色的三角形廊桥和
方型房子，以及密集的廊柱产
生的灰面组成了一幅形式感很
强的素描作品。

图30：廊桥从重叠的形体中穿
过，制造了一种破坏的气氛，
但画面产生了丰富的几何形块
面，使构成显示了一种节奏。

图31：作品表现了建筑与
环境的关系，作者选择了
建筑的局部作为前景，与
背景的完整建筑形成强烈
的反差，前后间形成一个
有趣的空间变化，左边的
一排树木不仅和建筑形成
平行面，同时与背景的建
筑形成了一个焦点透视现
象。结实的建筑实体与树
木植物形成鲜明的对比，
产生不同质感。

图32、图33：仰视的建筑
和俯视的室内建筑，其角
度的变化产生不同的视觉
感受。对动画专业的学生
来讲，描写的建筑要了解
其外部与内部的面貌，将
来在专业上就能全方位，
立体的运用空间，设计特
定的场景。

图31 张艳洁

图32 李美坦

图33 陶伟玲

图 34：这是一幅利用照片进行加工处理的建筑素描。画面耐心细致的刻画能力是作者的优势，不管在哪个画种中，功夫仍是展示实力的主要因素。根据自身的优势，在专业上可以选择符合自己表达的绘画形式，或创造新的绘画语言，而写实能力则是基础。

图 35：这是一幅复杂的俯视建筑素描，需要理解复杂透视的关系和复杂的结构关系。作者把视觉的重心落在前方，远景的处理与前景产生虚实对比增强了画面的空间。作者在背景的处理上就能看出起形的方法。画这样的一幅作品，最重要的一个步骤是在起素描稿子的时候。这么多的房子要画，关键是前面几幢房子的布局和透视关系要准确。

图 34　梁宇

图 35　梁宇

第三周 室内场景素描

□■课程要求

　　1　室内场景处在相对封闭的空间里，它的结构与透视关系没有建筑素描复杂。除了要了解焦点透视法，还要掌握室内光线的表达，运用光线营造不同的气氛，要塑造一定的空间感。

　　2　运用多角度的视角描写仰视、俯视、平视的场景，把一个室内环境通过微观与宏观的观察从而进行深入细致的塑造。

作业安排

课堂一周内完成一组四开纸室内场景素描作业，每组三幅。

图36、图37：作品表现了室内幽暗的走廊，多角度的练习是动漫基础素描的特点，学生对对象的认识应该是全方位的，用移动的角度去表现同一对象。类似于走廊系列的题材比较容易把握，也可以尝试创造多种形式的室内场景素描。

图36 王灵

图37 王灵

图 38 黎江

图 39 吴佳睿

图 40 吴佳睿

图 38、图 39、图 40：这是舞台灯光设备的多角度素描作业。教学中选择哪些题材做为练习的内容，这不是讨论的重要问题。课堂是以学习绘画的规律为主，无论作者选择哪一种题材，都应该遵循其特定的场景去表现空间、体积、光线、形状和透视等造型因素。

图41 朱利峰

图42 赵雅琼

图41、图42、图43、图44：这是室内大厅的场景。当四幅作品放在一起时，观者能够感到一种立体的现场感。作品分别从四个角度表达同一个场景，由于角度的区别，传递出来的画面感受是有区别的。图41室内光线柔合、平静，建筑的构造饱满，有力，支撑感强，画面似乎感到平衡安定。图44由于景深的拉大，给人一种不安和焦虑的感受。同样的场景由于不同的表达而产生不同的心理感受，说明素描能起到暗示作用。图42明亮的灯光让人感到一种安全感，众多的内容使画面丰富，作者把室内的秩序处理得有条不紊，这说明了较好的归纳能力。图43，垂直的线条使画面显得严肃安静，黑白明暗的对比衬托了这种氛围，走廊尽头的光线增加了画面的生气。

图43 陈凌薇

图44 陈凌薇

第四周　风景素描

□■课程要求

1、风景素描的范围很大，要求学生用自己的视角选择对象，一般以建筑为主、以树为主、以路为主、以水为主的课题素描，在画之前准备一些构图和黑白关系的素描稿，选取一幅最适合的稿子再进行深入描绘。

2、对风景素描要表现出完整性，表现出形与形之间的关系，色彩层次之间的关系和风景氛围的把握，能够运用自己的表现语言。

作业安排

课堂一周内完成一组二开纸风景素描作业，每组两幅。

图45：这幅是典型的学院派风景素描作业，有很多可提供示范的优点。从对形体的整体观察角度来分析，作者把复杂的形状和体积表现得浑然一体，显示了概括能力。从塑造的表现角度来分析，作者把风景中的细枝末节都包含在气势磅礴的笔触中，运用虚实关系对比，以及对形体起伏的节奏把握，营造出速度和旋律感，产生强烈的视觉效果。

图45　杜晨艳

图46　方舒

图47　方舒

图46、图47、图48、图49：这是一组关于树的风景素描。构图是重要的
一个步骤，树的形态和背景的空间关系必须肯定。要分出前后的层次。图
49这幅作品体现了季节特征，与夏天茂盛的树叶形成鲜明的反差。

图48　方舒

图49　余红旗

图50 吴建苗

图51 温文

图52 宋浏

图50、图51、图52：桥是作品的主题，三个作者根据自己的感受表现出不同的效果。

图50：着重刻画桥的构造与质感，并把其放置于画面前景中，体现出桥的功能作用。

图51：作者富有耐心的刻画了风景的各个细节，运用由远而近的光线变化营造了一种宁静祥和的气氛。

图52：横跨画面的构图和使用大量黑色调凸显了桥的力度和沉重。作者对桥的理解比较到位，从形体的塑造到氛围的表达体现出对现实环境的思考。

图 53 巩艺飞

图 54 巩艺飞

图53、图54：画面的空气中
透着诗意般的意境，作者运
用自己的表现手法营造浓郁
的抒情效果，在虚幻朦胧的
空间中增加细节的塑造。
图55则相对比较严谨，用现
实主义的表现手法，认真细
致地再现风景面貌。

图 55 杨曾

图56 喻峤

图57 喻峤

图56、图57：用勾线的方法再现了植物的绘画形态。

图58 梁津铭

图59 俞寅

图58、图59、图60：这是一组描绘
建筑外墙面的素描作业，视角的特
点使建筑显得气势高大，这增强了
建筑的视觉效果。墙面是平面的一
个色块，构成画面的核心部分，其
角度的变化会产生不同的叙事作
用。每个墙面有自身的个性和特
征，要求观察对象时深入体会其中
的内涵。学习运用准确的透视，去
表现墙体的空间感，近大远小的透
视特点在这样的题材中普遍出现，
也可通过夸张的手法来获得更强烈
的视觉效果。

图60 俞寅

图61：这幅素描是用水笔来表现的，作者对色调的把控能力比较强，因为水笔的效果不像铅笔，画得不理想不容易被修改，因此要求作者对建筑有清晰的结构意识和色调的虚实把握。

图62：画面中建筑墙面安装的众多物体营造出浓郁的生活气息。

图63：作者选择了一处对称的旧居局部进行塑造，运用丰富的形状构成平衡稳定的画面。

图61 李妍娇

图62 曹伟杰

图63 张俊熠

图64：树叶与墙面上的影子布满画面形成虚实相映的基本元素，在阳光照射下产生动态的错觉。这种特定效果的塑造使作业更具生动，增强了画面的灵气。

图65：娴熟的铅笔技法使画面轻松明快，充分利用透视规律表现出较强的空间感。这些水槽、窗户、窗檐和顶棚钢架是构成空间的主要因素，光感的描写使画面充满抒情气氛。

图64 许兰兰

图65 杨曾

图66、图67、图68：这三幅作品放在一起能联想出一组生活情景。充满温情的巷子，朴素的楼道和自行车，上下班的必经之路和雨天构成了生动而连贯的画面。图68是一幅精彩的作品，场景和人物的形象在雨天的烘托中营造出非常和谐的气氛。其表现手法自然，充分刻画了画面前景、中景和远景色调渐变的细腻变化，并准确地传达了阴雨天的心理感受。

图66 钟宝

图67 姜博深

图68 许兰兰

图69、图70、图71、图72、
图73：生活中的绘画因素
在于发现，一个普普通通
的角落，如果你去关注，
它就必定具有可画性。

图69 张俊熠

图70 陈玲薇

图71 张力允

图72 陈凌薇

图73 张维奇

附 图

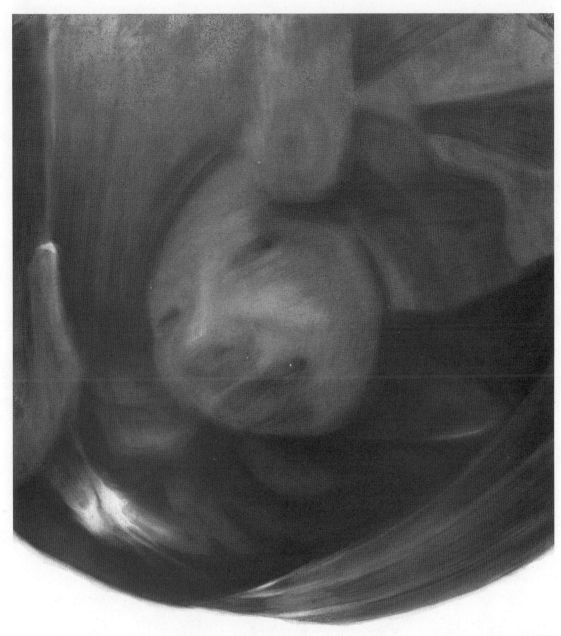

作者：侯明希

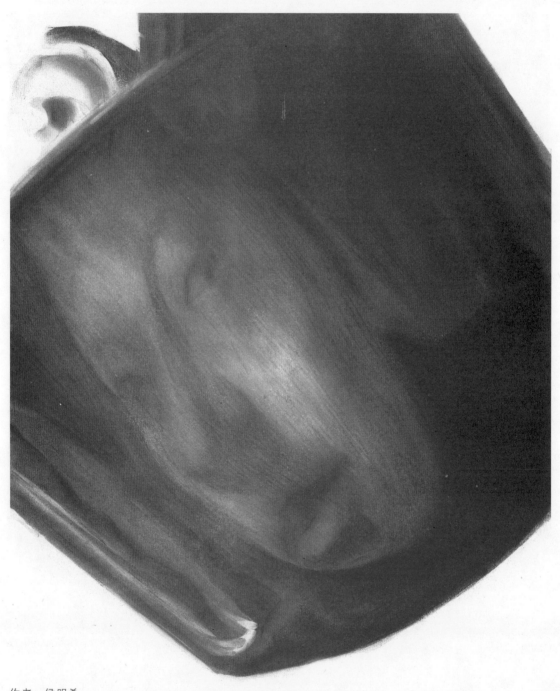

作者：侯明希

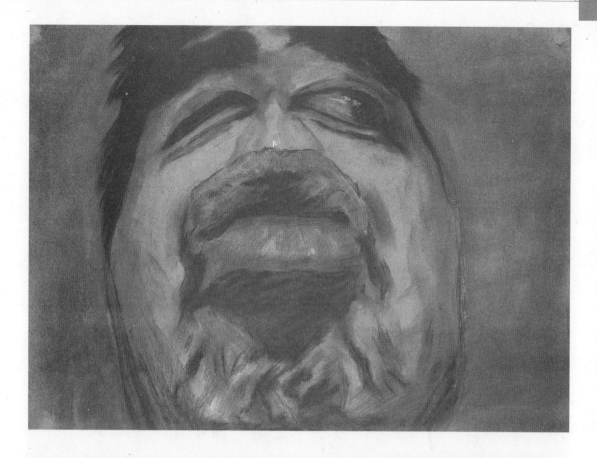

作者：罗赞

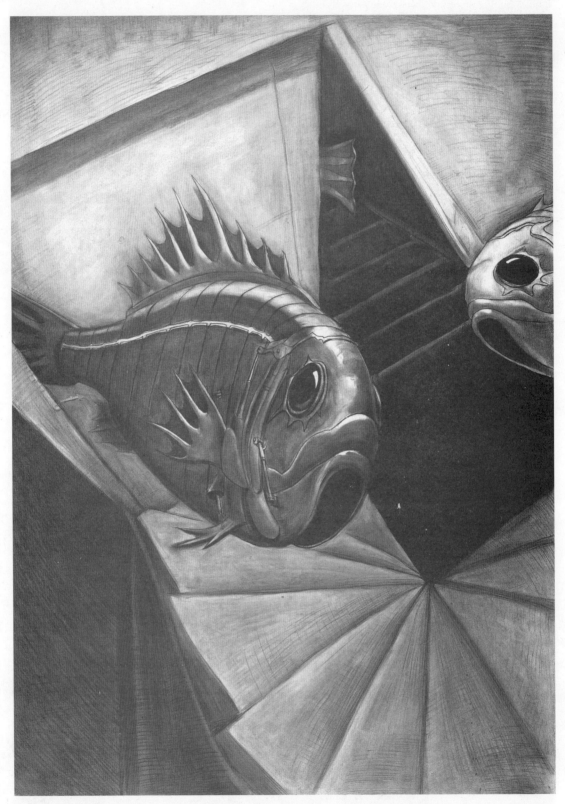

作者：卞文翰

作者：鲍瑶

作者：鲁宇嘉

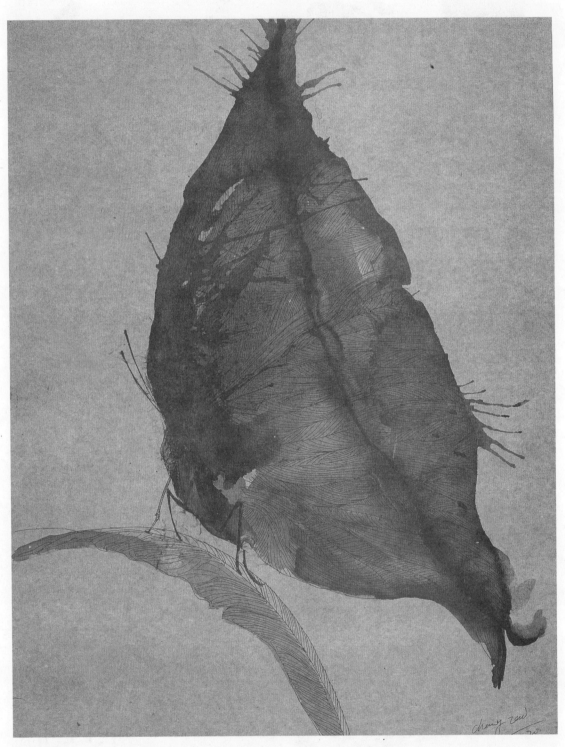

作者：常在

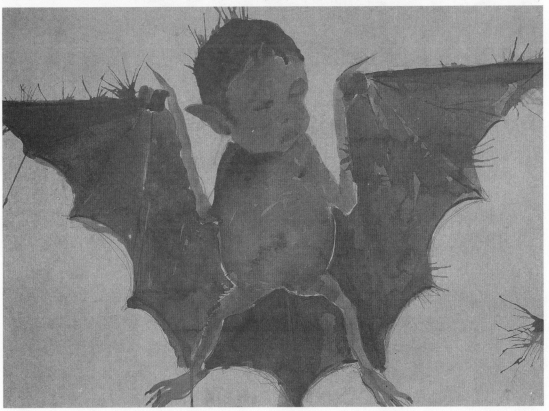

作者：常在

作者：胡懿

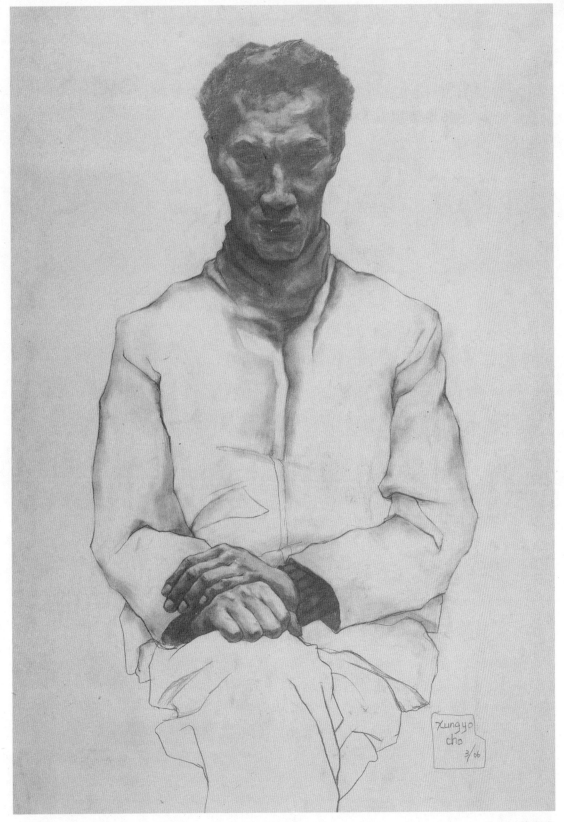

作者：赵春晓

作者：俞寅

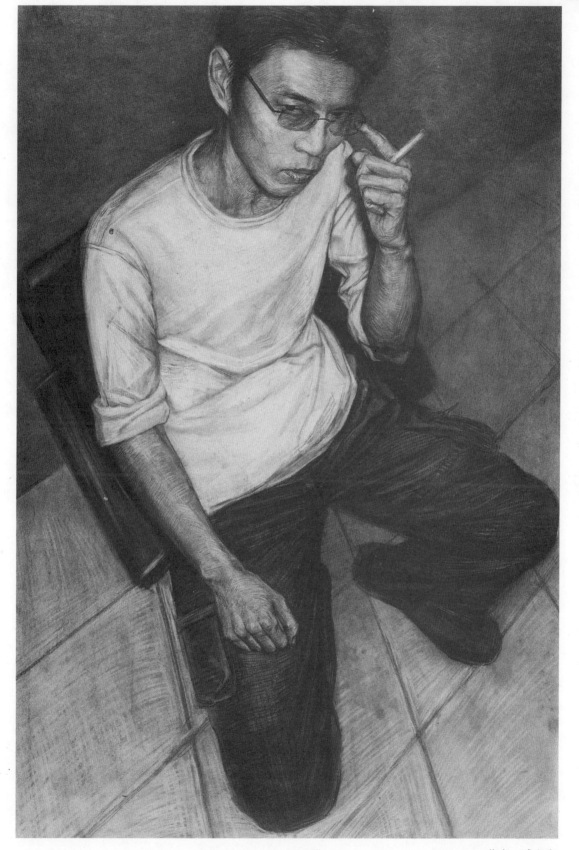

作者：臧金鑫

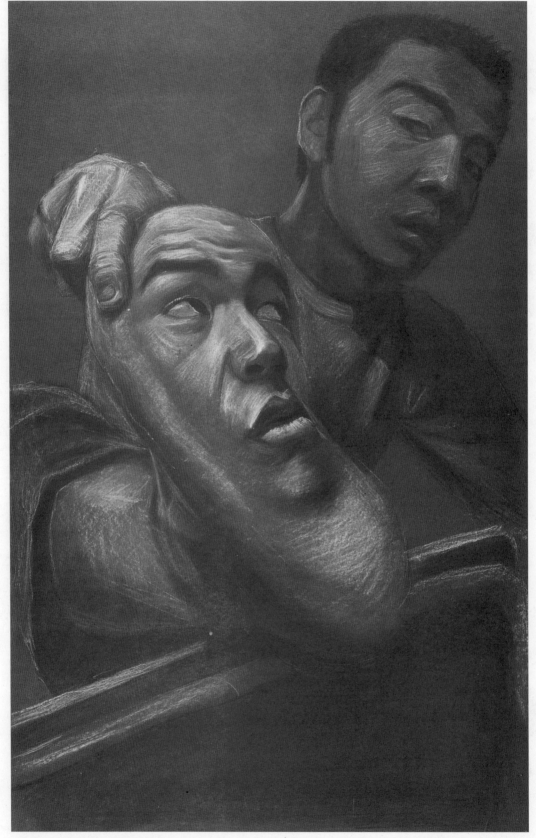

作者：冯伟

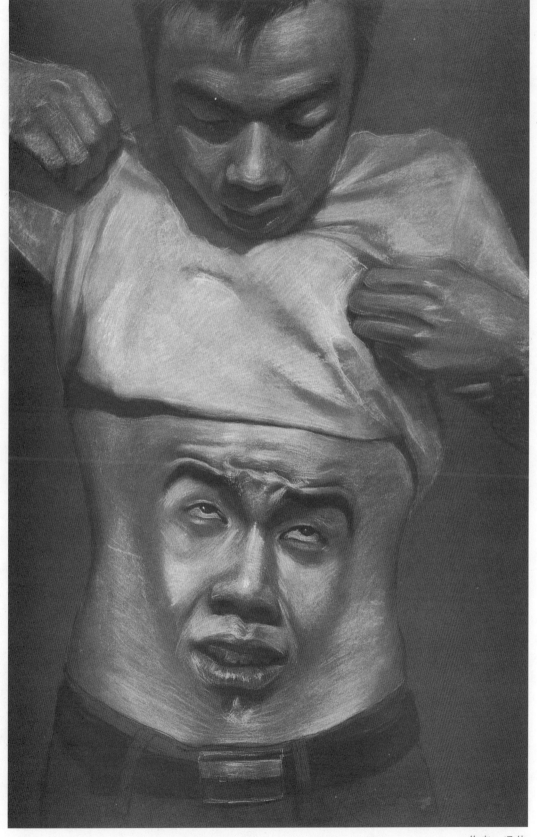

作者：冯伟

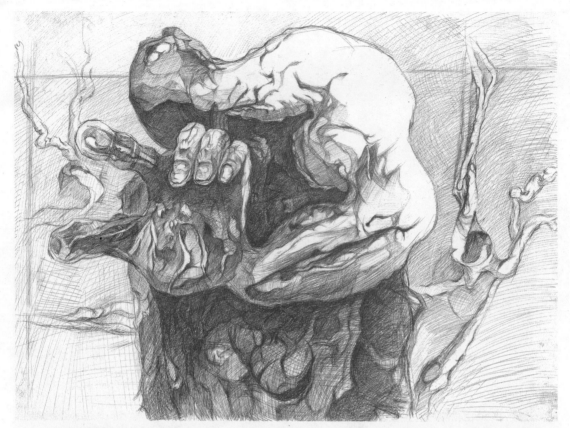

作者：王夕斌

作者：徐珊

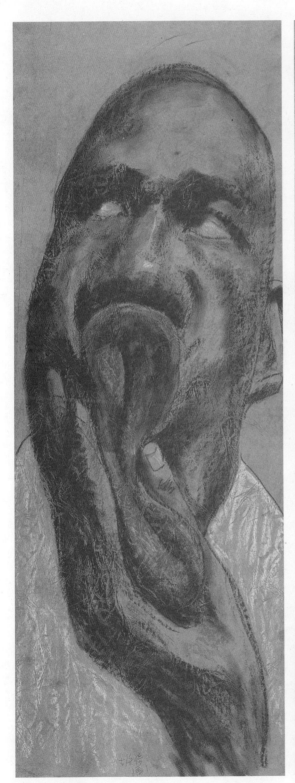

作者：彭庆裕

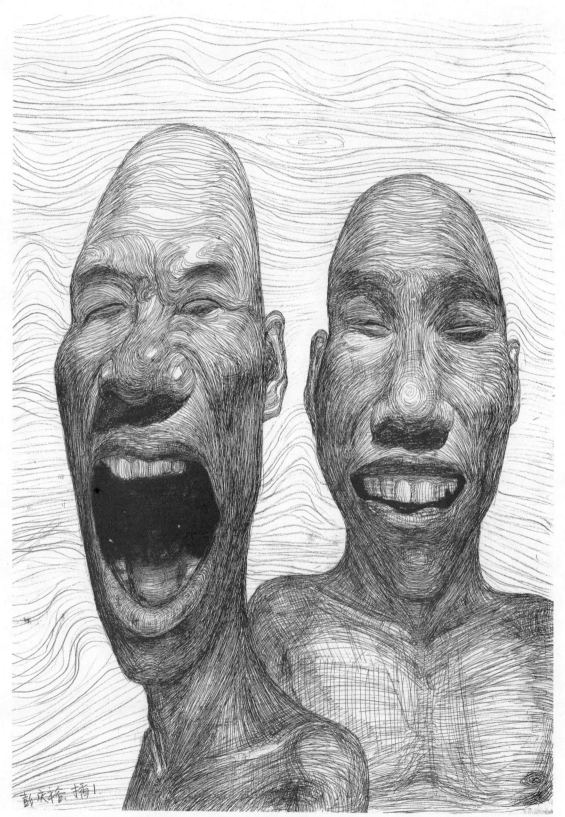

作者：彭庆裕

图书在版编目（CIP）数据

动漫素描基础／薛峰、于朕编著.—上海：上海人民美术出版社，2007.5
中国高等院校动漫教材
ISBN 978-7-5322-5162-9

Ⅰ.动… Ⅱ.薛… Ⅲ.动画—素描—技法（美术）—高等学校—教材Ⅳ.J218.7

中国版本图书馆CIP数据核字(2006)第148400号

高等院校动漫教材
动漫素描基础

编　　著：薛　峰　于　朕
主　　编：乐　坚
总 策 划：钱逸敏
责任编辑：朱双海
封面设计：张　璎
排版设计：上海阿波罗文化艺术公司
技术编辑：陆尧春　朱跃良
出版发行：上海人民美术出版社
　　　　　（上海长乐路672弄33号）
印　　刷：上海市印刷十厂有限公司
开　　本：787×1092 1/16 10印张
版　　次：2007年5月第1次
印　　次：2011年6月第7次
印　　数：15751—17850
书　　号：ISBN 978-7-5322-5162-9
定　　价：32.00元